Heimatsinfonie

Eine Auswahl der
schönsten Heimatromane

WINFRIED BLACH VERLAG

Max Reindl

Die Wirtin der Schmuggler

Die Söhne des Jägers

Dieses Buch wurde auf chlorfrei gebleichtem
Papier gedruckt – der Umwelt zuliebe.

Titelbild: Michael Wolf, München
Vertrieb: Weltbild Verlag GmbH, Augsburg

Printed in Germany

ISBN 3-7951-1470-5

Die Wirtin der Schmuggler

Hell ergoß der Vollmond sein silbriges Licht über das Hirtenjoch. Der Nachthimmel war wolkenlos und sternenklar. Ein leichtes Lüftchen fächelte über die Latschen und Krüppelkiefern auf den steinigen Höhen.

In der wildzerklüfteten Felsregion des Bergriesen kauerten zwei Männer in einer kleinen Mulde, von der aus der schmale Steig, der sich zum Gipfelgrat hinaufschlängelte, im Blickfeld war. Die beiden Männer trugen die Uniform des Zolldienstes.

Der jüngere Zöllner dehnte die Arme. „Hier können wir warten bis zur Pensionierung, Toni", meinte er. „Aber von den lausigen Grenzgängern kriegen wir keinen zu Gesicht."

Sein etwas älterer Kollege hob die Hand vor den Mund und gähnte ausgiebig. „In puncto Geduld brauchst du noch paar Nachhilfestunden, Justin", sagte er gemütlich.

„Bist halt noch jung und hitzig. Wirst schon noch begreifen, daß das Warten die Hauptbeschäftigung des Zöllners ist."

Wenig überzeugt wandte sich Justin ab und ließ die Blicke hinaufschweifen zu den rauhen Zinnen des Hirtenjochs und des Breitersattels, über deren Gipfel die Landesgrenze verlief. Viele Bewohner der Bergdörfer in dieser idyllischen Gegend standen mit den Schmugglern auf gutem Fuß, da sie von diesen mit billigen Waren versorgt wurden. Auf Hinweise und Tips aus der Bevölkerung zu hoffen, die zur Ergreifung der Grenzsünder führten, war für die Zollbehörde vergebliche Liebesmüh. Man mußte sich mit allen Kräften bemühen, die Gesetzesbrecher auf frischer Tat zu ertappen. Und das war nicht ganz leicht, denn die mit allen Wassern gewaschenen Schmuggler wechselten ständig ihre Methoden, die Wege und die Zeiten, an denen sie dem verbotenen Gewerbe nachgingen. Es gab Namen, von deren Trägern die Zöllner genau wußten, daß die jahraus, jahrein zentnerweise Gut über die Grenze schleppten, doch es fehlte an Beweisen, um sie dingfest zu machen.

Justin schob sich die Dienstmütze aus der Stirn und kratzte sich hinterm Ohr. Verdrossen sah er auf die Uhr, deren Zifferblatt im Mondlicht gut zu erkennen war. „Mitternacht ist schon vorbei", brummte er. „Und nix rührt sich. Hier können wir Wurzeln schlagen und festwachsen, aber von einem Grenzgänger sehen wir net einmal das Schuhbandl. Die Burschen haben ihre vollen Rucksäcke längst heimgetragen und liegen in ihren warmen Betten."

„Kann schon sein", sagte Toni gelassen. „Bei Sonnenaufgang wissen wir, ob du recht hast oder net."

Der Jüngere zog ein flaches Fläschchen aus der Tasche des Uniformrocks und zog den Korken heraus. Er nahm einen ausgiebigen Schluck und reichte es dem Kollegen. Toni trank.

Etwa zweihundert Meter von ihrem Platz entfernt polterte ein Stein die rissige Felswand herunter. Justin zuckte zusammen. Beruhigend legte ihm Toni die Hand auf Arm und lauschte angestrengt. Weitere Steine folgten. Das Krachen und Dröhnen wurde immer lauter. Eine kleine Steinlawine prasselte in die Tiefe. Dann war alles wieder so still wie vorher.

„Da drüben muß einer unterwegs sein", stieß der Jüngere leise hervor.

Toni schüttelte den Kopf. „An dieser Wand geht jeden Tag Steinschlag nieder. Das wissen auch die Grenzgänger. Darum glaub ich net, daß einer dort herumklettert."

Die Minuten tropften zäh dahin. Stunden wurden daraus. Der blauschwarze Nachthimmel färbte sich im Osten grau. Über den Höhenzügen zeigte sich ein heller, blaßgelber Streifen.

Die aufsteigende Morgenkühle drang den Männern durch die Kleider. Justin fröstelte. Er schüttelte sich und sagte mürrisch: „Tag wird's bald, und allweil ist noch nix ..."

„Pssst!" fiel Toni ihm ins Wort. Er duckte sich tiefer in die Mulde, und Justin zog ebenfalls den Kopf ein. Vorsichtig deutete der Ältere zum Steig hinauf, der sich ein gutes Stück über ihnen um eine Felsnase herumwand. Hinter der Felsnase lugte sehr vorsichtig ein Kopf hervor. Dann tauchte die ganze Gestalt auf. Es handelte sich um einen mittelgroßen Mann. Gleich darauf war ein zweiter Mann zu erkennen, der dem ersten nur bis zu den Ohren reichte. Und noch ein dritter schob sich ins Blickfeld der lauernden Zöllner.

„Wer die beiden andern Bürschln sind, kann ich von da herunten aus net sagen, aber der Kleine, das ist der Wurzer Lenz", zischte der Zöllner Toni. Sein Atem ging hastig und verriet, daß ihn eine starke Erregung erfaßt hatte. „Wenn ich dem Lenz das Handwerk legen könnt, wär ein gutes Werk getan. Der ganze Schmuggel tät bloß noch halb soviel taugen ohne ihn. Er ist der Kopf der Grenzgänger. Ein durchtriebener Schuft, wie er im Buch steht."

Schritt für Schritt tasteten sich die drei Schmuggler auf dem an mancher Stelle kaum handbreiten Steig abwärts. Der Pfad war nicht ungefährlich für die Männer, an deren Rücken vollgepfropfte, schwere Rucksäcke hingen. Ein Fehltritt genügte, und sie stürzten sechshundert Meter tief in die Fuchsenschlucht, wie sie der Volksmund nannte.

Toni und Justin griffen nach ihren Gewehren und entsicherten sie. Den Jüngeren packte der Tatendurst. Er wollte endlich einen richtigen Erfolg, der ihm bisher noch nicht beschieden gewesen war, auf sein Konto verbuchen. Denn der Inspektor hielt nicht gerade große Stücke auf ihn. Es war sogar schon von einer Versetzung die Rede gewesen. Nur der Fürsprache des Wiesbeck Toni hatte er es zu verdanken, daß er noch zur Mannschaft der Zollinspektion Tobelbrunn gehörte. Seit vier Wochen nahm ihn Toni auf seine Kontrollgänge mit. Doch ausgerechnet in dieser Zeit ging dem sonst so siegesgewohnten Wiesbeck kein dicker Fisch ins Netz. Nun bot sich Justin die Gelegenheit, seine Tüchtigkeit zu beweisen.

Die beiden Zöllner krochen mit großer Vorsicht aus der Mulde und kletterten die schräge Wand hinauf, die sich zum etwa fünfzehn Meter höher gelegenen Steig hinaufzog. Sie war zum Glück so rissig und ausgewaschen, daß Hände und Füße leicht griffigen Halt fanden. Sie hatten nur noch zwei oder drei Klimmzüge zu machen, da blieb der Kleine der Schmuggler wie erstarrt stehen. Seine Hand streckte sich aus und wies auf die beiden Beamten.

„Grenzer!“ schrie er. „Lauft, Bürschlein! Vorwärts!“

Er hastete seinen Begleitern voran. Diese folgten ihm.

Toni riß das Gewehr von der Schulter, gab einen Warnschuß ab und brüllte: „Stehenbleiben! Keinen Schritt weiter!“

Hohntriefendes Gelächter schallte ihm entgegen. Als er, zu gleicher Zeit mit Justin, auf dem Pfad stand, bogen die Schmuggler um einen Felsvorsprung und entschwanden seinen Blicken. Sofort nahm er die Verfolgung auf.

„Schnell, Justin!“ stieß er hervor. „Mit ihren schweren Rucksäcken können die Kerle net so rasch laufen wie wir.“

Sie erreichten die Biegung des Steigs. Die Flüchtigen hetzten kaum dreißig Schritte vor ihnen dahin. Aber dort endete der Pfad. Ein Felsplateau breitete sich aus, auf dem Kiefern und Fichten wuchsen. Die Schmuggler steuerten eine Fichtengruppe an und tauchten zwischen den nahe beieinanderstehenden Stämmen unter.

„Verflixt!“ stieß Toni hervor und rang nach Luft. „Aber sie entwischen uns net. Lauf, Justin!“

Der jüngere Zöllner schwang die langen Beine. Trotzdem traf Toni vor ihm bei den Fichten ein. Er zwängte sich zwischen den Ästen hindurch, stolperte über Wurzeln und vermoderte Baumstümpfe. Dann war das kleine Hölzchen durchquert.

Ein Stück vor ihm zerrten sich zwei Verfolgte die Rucksäcke im Laufen von den Rükken und ließen sie achtlos zu Boden fallen. Ihnen war wohl klargeworden, daß sie nur noch ohne diese Belastung eine Chance hatten zu entkommen. Den dritten Schmuggler schien der Erdboden verschluckt zu haben.

„Stehenbleiben sag ich, oder es kracht!“ rief Toni, und seine Stimme überschlug sich vor Zorn und Erregung.

Einer der beiden Schmuggler schien der Aufforderung Folge leisten zu wollen. Er hielt an. Plötzlich wirbelte er herum und hielt eine Pistole in der Hand. Ein Feuerstrahl zuckte aus der Waffe. Toni spürte, wie ein glühender Hauch sein Ohr streifte. Er riß sein Gewehr an die Wange, zielte kurz und drückte ab.

Der Schmuggler schrie schmerzgepeinigt auf, warf die Pistole weg und ließ sich zu Boden fallen. Die Hände umklammerten das linke Bein. Er stieß laute Klagetöne aus. Toni wandte sich dem Kollegen zu, der eben herankeuchte.

„Kümmere dich um ihn, ich bleib dem andern auf den Fersen." Dieser war unbeirrt weitergerannt und hatte nur bei jedem Schuß den Kopf kurz nach hinten gedreht.

Der Flüchtige rannte über die Almwiesen und schlug die Richtung zur Sennhütte ein. Der Abstand zwischen ihm und dem Zöllner verringerte sich immer mehr. Der Mann wurde langsamer. Er schien am Ende seiner Kräfte zu sein. Trotzdem gelang es ihm, etwa zwanzig Sekunden vor dem Zollbeamten die Hütte zu erreichen. Er riß die Tür auf und knallte sie hinter sich zu.

Toni torkelte die letzten Meter vor Erschöpfung. Beinahe reichte seine Kraft nicht mehr aus, um die Klinke niederzudrücken. Als er den einzigen Raum, den die Almhütte außer dem Stall fürs Jungvieh aufzuweisen hatte, betrat, stand die Sennermagd Barbara Schweighofer in der Mitte und starrte den Zöllner mit riesengroßen Augen an. Sie trug nur ein Nachthemd, das bis zum Boden reichte, unter dem die nackten Zehen hervorlugten. Das lange braune Haar hing ihr aufgelöst bis zur Hüfte herab. Sie hatte ein rundes, etwas derbes Gesicht, das man trotzdem hübsch nennen konnte.

Toni ließ den gehetzten Blick nach allen Seiten schweifen. Der Raum gab keine Möglichkeit für den Flüchtigen, sich zu verstecken. Tonis Blick fiel auf das offene Fenster, das der Tür gegenüberlag.

„Ist der Kerl dort aus dem Fenster gesprungen, Barbara?" stieß er hervor.

Im Gesicht des molligen Mädchens spiegelte sich Angst. Barbara preßte die vollen Lippen aufeinander und nickte krampfhaft.

„Freilich. Es kann ja gar net anders sein", murmelte Toni Wiesbeck und ließ den Kopf hängen. „Wo hätt er sich sonst verstecken können in der kurzen Zeit." Resigniert ließ er den Kopf hängen. „Dann ist er mir wohl durch die Lappen gegangen."

Langsam ging er zur Tür und wollte der Sennerin gerade einen freundlichen Abschiedsgruß zurufen, da blieb er verdutzt stehen. Aus ihrem Gesicht war die Angst noch nicht gewichen.

„Was schaust denn so geschreckt, Dirndl?" fragte er und lächelte leicht. „Der ganze Spuk ist doch schon vorbei. Der Schmuggler ist davongelaufen, und ich geh auch gleich. Dann hast deine Ruh wieder."

Die Sennerin blickte zur Seite. Ein leises

„Ja" entrang sich ihren Lippen. Stutzig geworden kehrte der Zöllner um. Ganz nahe trat er vor sie hin, griff ihr unters Kinn und zwang sie, ihn anzusehen.

„Ist er doch noch da?" flüsterte Toni. Barbara antwortete nicht. Tonis Blick hob sich zur Decke. Direkt über ihm war die Klappe, die zum Heuboden führte. Er stieß einen leisen Pfiff aus. „Aha!"

An den Wimpern der Sennerin hingen große Tränen. Sie zitterte stärker als vorher.

„Brauchst dich net zu fürchten, armes Hascherl", raunte er Toni ins Ohr. „Der Haderlump hat dir wohl irgendwas Schlimmes angedroht, wenn du ihn verrätst. Stimmt's?"

Die Sennerin nickte. „Viel kann er net geredet haben", stieß Toni leise zwischen den Zähnen hervor. „Dafür hat die Zeit net gelangt. Aber die staubigen Brüder wissen schon, wie man einem verängstigten Madl einen gehörigen Schrecken einjagt. Jetzt gehst vor die Hütte, denn da herinnen könnt's am Ende wild zugehen."

Die Barbara Schweighofer löste sich von ihm und trippelte gehorsam durch die Tür nach draußen. Der Zöllner trug die Bank herbei, stellte sich darauf und schob den Riegel zurück. Die Klappe schwang nach unten. Toni steckte den Gewehrlauf in die dunkel gähnende Öffnung hinein.

„Heraus mit dir, aber fix, sonst kannst was erleben, Bürschl!“ rief er scharf.

Eine Weile rührte sich nichts. Dann knarrten die Heubodenbretter. Die Spitzen zweier Nagelschuhe tauchten am Rand der Öffnung auf. Der Zöllner sprang von der Bank und trat einen Schritt beiseite. Doch die Mündung des Gewehrs blieb nach oben gerichtet. Geschickt hangelte sich der Schmuggler nach unten, sprang von der Bank und stand dem jungen Beamten gegenüber.

„Da bin ich“, sagte er mit heiserer Stimme. „Wenn mich das elendige Weibsstück net verraten hätt, könntest du das ganze Oberland nach mir absuchen.“

„Sie hat dich net verraten“, erwiderte Toni. „Ich bin selber auf dein Versteck gestoßen.“ Mit schmalen Augen betrachtete er den Burschen, der lässig eine Hand in die Tasche seiner abgewetzten Lodenbundhose steckte. Über dem nicht sehr sauberen braunen Leinenhemd trug er einen grauen Strickjanker. Toni konnte sich nicht erinnern, den etwa fünfundzwanzigjährigen Burschen schon einmal gesehen zu haben.

„Du bist net aus der Gegend, gelt?“ erkundigte sich der Beamte.

„Das stimmt, Grenzer“, gab der Bursche Auskunft.

„Wenn du net von hier bist, dann kannst

du nur in den Diensten vom Wurzer Lenz stehen", forschte Toni. „Ich kenn keinen Wurzer Lenz", behauptete der. „Hab den Namen in meinem ganzen Leben noch nie gehört."

„Komm, Bürschl!" Der Zöllner schob den ertappten Schmuggler vor sich her durch die Tür der Almhütte. Draußen saß die Sennerin und zuckte ängstlich zusammen, als der Bursche an ihr vorbeistapfte. Doch dieser blinzelte ihr gutgelaunt zu, und der Beamte rief noch ein paar beruhigende Worte zu ihr hinüber. Da atmete sie erleichtert auf und huschte in die Hütte.

Wenige Minuten später trafen die beiden Männer bei dem Verletzten und Justin ein, der neben ihm Wache hielt. Jetzt erst fand Toni Gelegenheit, den Ar geschossenen genauer zu betrachten, der am Boden hockte und das getroffene Bein mit den Händen umklammert hielt. Toni schnalzte überrascht mit der Zunge.

„Schau an, der Gori Bichler", kam es zwischen seinen Lippen hervor. „Ein Mannsbild, das Frau und Kinder daheim hat, macht solche Dummheiten." Er beugte sich zu ihm hinab und sah sich die Wunde an. „Das ist ein harmloser Wadendurchschuß", stellte er sachkundig fest. „Der Knochen ist bestimmt net verletzt." Spottend fügte er hinzu: „Vor dem Richter kannst du schon wieder auf beiden Füßen stehen."

Gori fuhr sich mit gespreizten Fingern durch das dunkle Haar mit den Silberfäden darin, das ihm jetzt wirr vom Kopf abstand. Der fast lippenlose Mund öffnete sich, als wollte er nach Luft schnappen. „Ist's denn ein Wunder, Wiesbeck, wenn ein Kleinhäusler wie ich ein paar Markl nebenher verdienen möcht?" jammerte er. „Was die zwanzig Tagwerk Grund und Boden abwerfen, langt hinten und vorn net. Den Kindern fehlt's am Nötigsten. Mein Weib hat sich wohl seit zehn Jahren kein neues Kleid mehr anschaffen können."

Der Zöllner nickte. „Was du sagst, mag stimmen, Bichler", gestand er dem Kleinhäusler zu. „Ein Rucksack voll Schmuggelgut ist auch noch kein Kapitalverbrechen. Aber du hast einen Schuß auf mich abgefeuert. So was nennt man Mordversuch. Da fallen schon ein paar Jährchen für dich ab."

„Halb wahnsinnig vor Angst war ich, Wiesbeck", stammelte Gori. Er wischte sich mit dem Handrücken über die Augen. „Ich hab nimmer gewußt, was ich tu. Glaub mir's, Wiesbeck. Ich bitt dich, glaub mir's."

„Wenn ich ein gutes Wörtl für dich einlegen soll, Bichler, dann mußt du mir schon auch entgegenkommen", sagte Toni ruhig.

„Der dritte Mann, der uns entwischt ist, heißt Wurzer. Stimmt's?"

Der Kleinhäusler starrte zu Boden. Er schüttelte den Kopf. „Nein. Das ist net richtig."

„Ich weiß, daß ihr euch alle fürchtet vor diesem kurzbeinigen Teufel", fuhr Toni fort. „Aber denk jetzt an deine Kinder, Bichler. Sollen sie zehn Jahr lang ohne Vater sein? Dir bleibt gar nix übrig, als die Wahrheit zu sagen."

„Halt bloß das Maul, Gori!" stieß der andere Schmuggler warnend hervor.

Erregt schlug der Gori mit der Faust auf den Boden. Die flackernden Augen waren auf den Sprecher gerichtet. „Keiner hilft mir, wenn ich einen andern in Schutz nehm", brach es aus ihm heraus. „Du net und der Lenz noch weniger." Sein Kopf flog herum. „Ja, Grenzer. Der Wurzer war's."

„Denunziant, dreckiger!" brüllte der andere Schmuggler wutentbrannt und machte Anstalten, sich auf den am Boden Hockenden zu stürzen, doch Justin riß ihn zurück.

„Verlier net die Nerven, Bürschl", riet ihm der blutjunge Zöllner, „sonst müßt ich dich beruhigen. Und ich hab da recht wirksame Methoden."

Der Bursche brummte ein paar unverständliche Worte und begnügte sich damit, den Verletzten mit giftigen Blicken zu bombardieren.

„Er war plötzlich verschwunden, der Lenz", erkundigte sich Toni weiter. „Wo könnt er geblieben sein?"

Gori zuckte mit den Schultern. „Der Lenz hat tausend Schlupfwinkel zum Verkriechen. Die kennt bloß er selber."

„Aber er ist der Anführer einer ganzen Schmugglerschar. Wieviel Helfershelfer hat er?"

„Mehr als ein Dutzend sind's", gab Gori Auskunft, „die für ihn über die Grenze schleppen. Reich wird dabei bloß einer – er."

„Das genügt einstweilen", sagte Toni. „Nur den Namen von dem Kerl da könntest mir noch nennen." Er deutete auf den Burschen, der die Fäuste ballte.

„Er heißt Benedikt Stangl und ist in Weidenbruck daheim."

Justin eilte auf Tonis Geheiß zum Fichtenwäldchen hinüber und brach dort ein paar Äste ab, die er mit dünnen Zweigen zu einer notdürftigen Bahre verband. Gori legte sich erleichtert darauf.

„Du, Justin, und der Benedikt, ihr tragt den Bichler. Ich muß das Büchserl in der Hand behalten, damit den Beni net plötzlich das Fernweh plagt."

„Keinen Meter trag ich den verräterischen

Hund“, knurrte der Bursche.

„Dann werd ich dich an Händen und Füßen binden“, sagte Toni gemütlich. „Und du darfst nach Tobelbrunn hüpfen.“

Der junge Stangl bückte sich und ergriff mit verbissenem Gesicht das hintere Ende der primitiven Bahre. Vorne packte Justin zu. Der Sonnenball stand schon ziemlich hoch am fast wolkenlosen Himmel, als die kleine Gruppe in dem Dörfchen eintraf, das etwa in halber Höhe des Hirtenjochs lag. Die Dörfler machten neugierige Augen. Besonders dem Verwundeten, den alle kannten, galt ihre Aufmerksamkeit. Bald war das Zollamt erreicht, und Toni stand zusammen mit seinem jüngeren Kollegen vor dem Vorgesetzten und trug seinen Rapport vor.

„Leider ist uns der Wurzer wieder einmal durch die Lappen gegangen“, schloß er den Bericht. „Aber er kann sich jetzt nimmer frei bewegen wie bisher. Die Zeugenaussagen des Gori Bichler erlauben uns, den Mann sofort festzunehmen, wenn er irgendwo auftaucht.“

„Gratuliere, Wiesbeck“, freute sich Zollinspektor Ruhland. „Damit haben Sie dem Schmugglerunwesen einen gehörigen Schlag versetzt.“

Toni räusperte sich. „Ich möchte ausdrücklich darauf hinweisen, daß sich mein

Kollege Justin Stelzer bei der Aktion durch besonderen Einsatz ausgezeichnet hat."

Die Blicke des Dienststellenleiters wanderten hinüber zu dem lang aufgeschossenen Zweiundzwanzigjährigen, dessen schmales Gesicht sich mit einer leichten Röte überzog. Die hellblauen Augen leuchteten glücklich auf.

„Das höre ich besonders gern, Stelzer", sagte der Vorgesetzte und drückte die knochige Hand des Jungen. „Ich werde sofort die Gendarmerie in Kenntnis setzen. Sie soll die beiden Täter abholen und einen Arzt hinzuziehen für den Verletzten."

Toni und Justin salutierten und verließen das Dienstzimmer. Sie meldeten sich bei der Zollamtsköchin und ließen sich ein ausgiebiges Frühstück in den Aufenthaltsraum bringen, in dem sich zur Stunde keiner der übrigen Zöllner aufhielt. Während Toni bedächtig kaute, schlang Justin eifrig in sich hinein. Schließlich leerte er sein Milchglas und lehnte sich zurück.

„Einen besseren Kameraden als dich hab ich noch nirgendwo getroffen, Toni", sagte er bedächtig. „Ich dank dir von Herzen für deine guten Worte beim Alten." Seine hellen Blauaugen begannen verdächtig zu glänzen.

„Nur net rührselig werden, Bübl." Toni lachte und schob ein beachtliches Stück

Wurst in den Mund. „Das Lob hat mich keinen Pfennig gekostet, und was nix kostet, ist von mir allweil zu haben."

Bevor er es verhindern konnte, hatte Justin über den Tisch hinweg seine Hand ergriffen und drückte sie kräftig. Darauf erhob sich der Lange. „Jetzt freu ich mich auf mein Bett, wie das Hendl auf den Wurm. Zum Umfallen müd bin ich. Du doch auch."

„Wohl, wohl", gab Toni zu. „Aber das Bett muß noch eine Weil warten. Ich schau noch droben am Bärenstübl vorbei."

„Versteh", sagte Justin. „Du hoffst, der Wurzer Lenz könnt dir dort in die Hände laufen."

Eine halbe Stunde später traf Toni am Bärenschlößl ein.

Die so hochtrabend genannte Kneipe war ein ziemlich dürftiges Bauwerk. Das Erdgeschoß hatte man aus rohen, übereinandergetürmten Felsbrocken zusammengefügt und ein weiteres Stockwerk aus Holz daraufgebaut. Steine beschwerten das windschiefe Dach. Dieses seltsame Haus ähnelte mehr einer Räuberhöhle als einem Schlößchen. Daß hier die Preise zwischen Schmugglern und ihren Abnehmern ausgehandelt wurden, war ein offenes Geheimnis. Die meisten, die dort Obstlerschnaps oder ihren Roten tranken, hatten ein ellenlanges Vorstrafenregister.

An allem, was in ihren vier Wänden umgesetzt, gekauft, verkauft, verdient und gewonnen wurde, war die Wirtin prozentual beteiligt, hieß es. Der Großvater der heutigen Schlößlherrin war vor Jahr und Tag aus Italien eingewandert und hatte sich eine Zeit in Tobelbrunn als Taglöhner verdingt. Später baute er, den die Leute den Welschen nannten, die Kneipe. Auch damals sollte sich schon lichtscheues Gesindel dort ein Stelldichein gegeben haben, erzählten sich die Dörfler. Und manche lachten noch über die Schauergeschichten des Großvaters, die dieser seinen Gästen so oft aufgetischt hatte. Er schwor Stein und Bein, eines Nachts mit einem leibhaftigen Bären ohne Waffe vor der Tür der Kneipe gekämpft und ihn mit bloßen Händen erdrosselt zu haben. Daher der Name Bärenschlößl. Die Bewohner der Grenzgegend wußten freilich, daß seit zweihundert Jahren kein Bär mehr gesichtet worden war.

Mit schweißfeuchtem Gesicht blieb Toni vor der felsigen Terrasse stehen, die dem sonderbaren Wirtshaus vorgelagert war. Bevor er auf die Tür zuschritt, öffnete sich diese, und eine Frau in mittleren Jahren stand auf der Schwelle. Das ovale, rassige Gesicht mit den dunklen Augen, die wie Kohlen brannten, wurde von langen Haaren umrahmt, die bis auf die Schultern fielen. Der sinnliche Mund mit den aufgeworfenen Lippen war leicht geöffnet. Die großgewachsene Frauengestalt war vollschlank. Ihre südländische Herkunft ließ sich nicht verleugnen.

„Das nenn ich eine Überraschung", sagte sie mit tiefer, melodiöser Stimme. „Hast dich schon eine ganze Weil nimmer bei mir blikken lassen, Grenzer." Die Lider sanken etwas herab und beschatteten die Augen mit den langen Wimpern. Um die Mundwinkel zuckte es amüsiert. „Bin ich dir denn gar so zuwider?"

Toni Wiesbeck fühlte, wie sein Herz kräftiger zu schlagen begann. So war es ihm schon immer in ihrer Nähe ergangen.

„Was hätt ich denn da heroben zu schaffen gehabt?" fragte er gespielt gleichmütig. „Deinem sauberen Busenfreund, dem hinterfotzigen Lenz, war bis jetzt nix nachzuweisen." Betont fügte er hinzu: „Bis jetzt."

Die Wirtin Minna Carletti setzte ein verführerisches Lächeln auf und entblößte zwei blendende Zahnreihen. „Das wird wohl so bleiben", vermutete sie, „denn seine Weste ist weißer, als manche glauben."

Minna war seit Jahren mit einem Italiener verheiratet, der eines Tages spurlos verschwunden war. Seitdem ging der Wurzer Lenz bei ihr ein und aus. Und seitdem hatte sich ihr Ausschank verdoppelt. Die Kasse klingelte lauter als je zuvor.

Graziös die Hüften schwenkend, kam die Minna die fünf Stufen herunter zu dem jungen Beamten. Dicht vor ihm blieb sie stehen. „Das ist doch kein Grund, gleich wieder fortzulaufen, Toni." Ihre Stimme klang noch dunkler. „Einen frischen Trunk wirst doch net ausschlagen?"

Ohne eine Antwort abzuwarten, drehte sie sich um und stieg die Stufen wieder hinauf. Jede ihrer Bewegungen erhitzte das Blut des Zöllners. Er holte tief Luft, biß sich auf die Unterlippe und folgte ihr, wie von einem unsichtbaren Magnet angezogen. Sie sah sich nicht um und betrat die Schankstube.

Minna trat hinter den Schanktisch. „Wein oder Bier?" fragte sie und hob die Augenbrauen.

„Bier, wenn ich mir's schon aussuchen darf." In Vorfreude auf den kühlen Schluck leckte er sich die Lippen und setzte sich auf die Fensterbank.

Mit einem überschäumenden Krug in der Hand näherte sich die schöne Gastgeberin. Sie schob dem jungen Mann den Krug hin und fragte leise: „Ist's erlaubt, daß ich mich ein bisserl zu dir setz?"

„Freilich." Toni lachte. „Dann schmeckt mir das Bier besser." In einem Zug leerte er den halben Krug und lehnte sich erquickt zurück. „Ah, das tut gut bei der Hitz." Gemächlich stopfte er seine Pfeife und steckte sie in Brand. Dann schaute er den kleinen blauen Wölkchen nach.

Ein bißchen gekränkt darüber, daß er ihr so wenig Beachtung schenkte, trommelte die Wirtin mit den lackierten Fingernägeln auf die Tischplatte. Sie war es gewohnt, die ungeteilte Aufmerksamkeit der Männer zu genießen, die ihren Weg kreuzten. Dieser kleine Habenichts in Uniform aber schien nur an dem würzigen Gerstensaft in seinem Krug Gefallen zu finden.

Dabei imponierte ihr der braunhaarige Bursche mit den scharfen, stets ein wenig spöttisch dreinblickenden grauen Augen. Das markante Profil drückte Männlichkeit aus, das eckige Kinn verriet Energie. Vom linken Ohr bis zum Mundwinkel zog sich eine dünne, sichelförmige Narbe hin, die der Grenzer der Messerspitze eines Schmugglers verdankte. Auch die Narbe paßte in dieses Gesicht, fand die Rothaarige. Ihm ging der Ruf voraus, der schärfste und erfolgreichste Häscher in der Mannschaft des Zollamts zu sein.

„Warum machst du dich denn gar so rar, Grenzer?" wollte sie wissen und senkte die Lider.

Belustigt schnitt Toni eine Grimasse.

„Willst mir am End weismachen, du freust dich über den Besuch des Zollbeamten? Es könnt doch sein, daß dem plötzlich einfällt, ein bisserl im Bärenschlößl herumzuschnüffeln.“

„Dazu braucht er einen Hausdurchsuchungsbefehl“, erwiderte die Wirtin gelassen. „Außerdem hab ich nix zu verbergen.“ Sie beugte sich über die Tischplatte und gestattete dem Zöllner einen tiefen Einblick in den Ausschnitt ihres Kleides. „Überall darfst nachschauen, Toni. Alle Türen stehen dir offen.“ Kaum hörbar fügte sie hinzu: „Auch die von meiner Schlafkammer.“

„Keine schlechte Idee, Minna“, spottete der Zöllner. „Dort wär vielleicht der Lenz aufzustöbern.“

Gereizt richtete sich die rothaarige Wirtin auf. „Ich bin dir zwar keine Rechenschaft schuldig, Grenzer“, sagte sie scharf, „aber einen Irrtum will ich doch aufklären. Der Lenz kehrt oft in meinem Haus ein und bringt einen Haufen Leut mit, die eine gute Zeche machen. Darum ist er mir allweil willkommen. Aber mein Liebhaber ist er net, wie die Ratschweiber im Dorf behaupten.“ Verächtlich schürzte sie die Lippen. „Du kennst den Lenz und weißt, wie er ausschaut. Tät so ein Kerl zu mir passen?“

„Eigentlich net“, gab Toni zu.

„Ich muß mich um die Küche kümmern", erklärte Minna, ging hinter den Schanktisch und verschwand.

Toni bereute seine vorwitzige Bemerkung. Er klopfte die Pfeife aus und trank den Krug leer. Dann stand er auf, trat zum Schanktisch und rief nach der Wirtin. Minna kam aus der Küche und wischte sich die feuchten Finger an der Schürze ab. Als der Zöllner ein paar Münzen auf den Schanktisch warf, stemmte sie die kleinen Fäuste in die Hüften.

„Behalt dein Geld, Grenzer. Du warst von mir eingeladen."

Der junge Mann schaute sie lange an. Dann lächelte er. „Mußt net beleidigt sein, Minna", sagte er versöhnlich. „Kein Wörtl von mir war bös gemeint."

„Komm wieder, Toni", forderte sie ihn mit dunkler Stimme auf.

Er nickte, ergriff ihre Hand, die sich ihm entgegenstreckte, und drückte sie. „Bestimmt schon bald", versprach er.

Kaum waren seine Schritte draußen auf der Felsenstraße verhallt, da eilte die Wirtin um das Haus herum zu der kleinen Stiege, die an der Rückseite in den Keller führte. Sie hastete die wenigen Stufen hinab und trommelte an das morsche Türchen.

„Mach auf. Ich bin's!" stieß sie ungeduldig hervor.

Ein Schlüssel drehte sich kreischend im Schloß. Das Türchen schwang auf. Ein kleiner, bulliger Mann mit auffallend dunkler Haut, schwarzem Kraushaar und schwarzen Augen stand vor der Wirtin. Er reichte der Frau kaum bis zur Stirn, aber die nackten Arme, die unter den hochgekrempelten Hemdsärmeln sichtbar wurden, waren muskelbepackt. Aus dem Gesicht ragte eine mächtige, gebogene Raubvogelnase.

„Der Toni Wiesbeck war da und hat sich nach die erkundigt", sagte die Rothaarige. „Ich glaub, dein Verdacht hat sich bestätigt. Die Grenzer sind hinter dir her."

Das dunkelhäutige Gesicht verzog sich zu einer wutentbrannten Fratze. Die großen Hände schwangen aufgeregt hin und her. „Wie ich von meinem Versteck im Hölzl aus gesehen hab, daß der Bichler erwischt worden ist", stieß er heiser zwischen den Zähnen hervor, „da war mir klar, daß der Schwächling reden wird. Jetzt hock ich im Schlamassel und kann mich einige Zeit nimmer in der Gegend blicken lassen."

Gleichmütig zuckte die Frau mit den Schultern. Die Schwierigkeiten, in denen der Schmugglerführer steckte, schienen sie nicht zu bekümmern. „Je eher du verschwindest, Lenz, desto besser ist es für dich und für mich", sagte sie kalt. „Am besten gleich jetzt."

„Bist verrückt geworden, Weib?“ fuhr sie der Kraushaarige zornig an. Seine Augen funkelten. „Jetzt, am hellichten Tag? Da kann ich mich genausogut drunten im Zollamt melden und um gefällige Inhaftierung bitten.“ Der Zorn schwand aus seinem Gesicht. Breit grinste er, und sein Schnurrbart sträubte sich dabei. „Bis zur Nacht mußt mir schon noch Kost und Logis geben.“ Er legte einen Arm um ihre Hüfte. „Abschied müssen wir auch noch feiern.“

Mit einer raschen Bewegung löste sich die Wirtin aus seinem Griff. „Laß die dalkerten Späße.“

„Hast sie aber schon einmal mögen, Rotköpfl. Hast mit geturtelt und schöngetan, bis ich ...“

„Halt 's Maul!“ fiel ihm die Frau groß ins Wort. „Versteck dich lieber im Kellerloch, wo du hingehörst. Wenn einer kommt und dich sieht, bist du geliefert.“

Die Miene des Mannes verfinsterte sich. „So darfst du net mit mir reden, Minna“, sagte er leise, und eine unüberhörbare Drohung schwang in seiner Stimme mit. „Das darf sich keiner erlauben. Auch du net.“ Er warf ihr noch einen Blick zu, der sie erschauern ließ, dann trat er in den Keller zurück und schlug die Tür zu.

Toni war zum Bergdorf Tobelbrunn zurückgewandert. Er hatte nur noch einen Wunsch: schlafen, schlafen. Auf dem Weg zum Amtsgebäude, wo er im Obergeschoß ein freundliches Stübchen bewohnte, überholte ihn ein Ochsengespann. Auf dem Feldwagen saßen der Jungbauer Krispin Seidl und seine Schwester Hanna. Das zwanzigjährige Mädchen bat den Bruder anzuhalten. Widerwillig kam dieser der Bitte nach. Hanna sprang von ihrem Sitz und eilte auf den Zöllner zu.

„Grüß dich, Toni", rief sie, und die Freude über die Begegnung war ihr vom Gesicht abzulesen. „Daß man dich auch einmal wiedersieht."

„Ja, die Hanna." Der junge Beamte lachte. „Weißt, der Dienst spannt einen oft Tag und Nacht ein."

Die Seidl Hanna war keine Schönheit. Vielleicht durfte man sie nicht einmal hübsch nennen. Doch die Augen versöhnten mit allem, was Hanna nach landläufigen Schönheitsbegriffen an Mängeln aufzuweisen hatte. Es waren verträumte rehbraune Augen, die die Herzensgüte ihrer Besitzerin widerspiegelten.

„Freilich, der Dienst", sagte Hanna verständnisvoll. „Aber ein halbes Stünderl für einen kleinen Spazierganag müßt doch hin und wieder abfallen."

Toni nickte. Seit einem Jahr traf er sich mit Hanna, der Tochter eines Kleinbauern, der im vergangenen Jahr beim Holzfällen verunglückt war. Seitdem mußten sich Hanna und Krispin allein um die Feldbestellung und das Vieh kümmern, denn die Mutter kränkelte. Das aschblonde Mädchen mußte von Tagesanbruch oft bis in die sinkende Nacht kräftig zupacken. Ihre einzigen Freuden waren die gelegentlichen Spaziergänge mit dem jungen Zöllner, ein gemeinsamer Besuch bei einem Tanzvergnügen im Dorf oder in der Nachbargemeinde.

Sie hatten sich an den Händen gehalten, bei jedem Abschied ein Busserl getauscht. Mehr war nicht gewesen, das Wort Liebe nie gefallen. Doch wer die Blicke der blutjungen Bauerntochter genau beobachtete, mit denen sie Toni Wiesbeck ansah, der fühlte, daß sie ihr Herz an den Zollassistenten verloren hatte.

„Mein Dienst beginnt erst morgen mittag", erklärte er. „Wie wär's mit heut abend?"

Hanna strahlte ihn an. „Ich wart auf dich, Toni", sagte sie glücklich. „Holst mich ab?"

Er versprach es und verabschiedete sich.

Auf seinem Stübchen angekommen, riß sich Toni die Uniform vom Leib, schleuderte die Stiefel in eine Ecke und warf sich auf das

Bett. Die Augen fielen ihm zu. Er wollte noch ein wenig an Hanna denken, doch die Bauerntochter verwandelte sich plötzlich in ein rothaariges Weib mit frechen, feurigen Augen. Eine dunkle Stimme klang an sein Ohr, rätselhaft, verheißungsvoll. Toni schlief ein. Das rothaarige Wesen verfolgte ihn bis in seine Träume.

Die letzten Sonnenstrahlen huschten durch das offene Fenster in Tonis Stübchen, als er sich gähnend die Augen rieb. Ein Blick auf seine Uhr zeigte ihm an, daß es höchste Zeit war aufzustehen, wenn er der anhänglichen Hanna nicht eine neue Enttäuschung bereiten wollte. Er sprang aus dem Bett, steckte den Kopf in die Waschschüssel und fuhr prustend in die Höhe.

Der Himmel überzog sich schon mit einem düsteren Grau. Die Dämmerung war nicht mehr fern. Im Westen verglomm das Abendrot. Munter eilte Toni durch die Gassen hinaus zum Dorfrand, wo das kleine Anwesen der Seidls stand. Er freute sich aufrichtig auf ein Stündchen an Hannas Seite.

Auf dem Hof traf er mit Krispin zusammen. Dieser kam gerade mit einem Schubkarren aus dem Stall.

„Allweil noch fleißig, Krispin?" rief er den Jungbauern an.

Dieser nickte knapp und schob den Karren

weiter. Toni hob die Schultern. Man konnte keinen Menschen zur Freundlichkeit zwingen. Damit mußte man sich abfinden. Er betrat das Haus. Im Flur eilte ihm Hanna entgegen. Verwundert sah er, daß sie verweinte Augen hatte und einen grauen Arbeitskittel trug.

„Aus unserer Mondscheinpromenad wird nix“, sagte sie betrübt und unterdrückte mit Mühe einen Schluchzer. „Der Mutter geht's schlechter.“

„Das tut mir leid, Dirndl“, bedauerte der Zöllner. Das Beisammensein mit ihr hatte er sich schon so schön ausgemalt. „Es könnt doch dein Bruder ein wenig nach der Mutter schauen, bis du wieder daheim bist.“

Ein bitteres Lächeln umspielte Hannas Mund. „Mit dem Stoffel ist nix anzufangen“, klagte sie. „Der kommt und geht, wann er will, sagt net wohin und warum. Auf ihn ist kein Verlaß.“

Mit beiden Händen umspannte Toni die schmalen Schultern des Mädchens. „Es wird noch viele Abende für uns geben, Madl“, tröstete er sie und sich. „Aufgeschoben ist net aufgehoben. Übermorgen schau ich wieder herein. Bis dahin geht's deiner Mutter bestimmt schon viel besser.“ Er beugte sich zu ihr hinunter und rieb seine Nasenspitze an der ihren. „Denk inzwischen ein bisserl an mich. Vielleicht treibt dir das die Sorgen aus dem Köpferl."

Ihre geröteten Augen füllten sich mit Tränen. Scheu drückte sie einen leichten Kuß auf seine Wange. Dann riß sie sich los und rannte in die Küche. Toni verließ verdrossen das Haus und schlenderte durch die Gassen von Tobelbrunn.

Der junge Zöllner überlegte. Was sollte er mit diesem Abend anfangen? Schlaf konnte er so rasch nicht finden, da er erst vor etwas mehr als einer Stunde dem Bett entstiegen war. Daheim in seinem Stübchen noch ein Gläschen Likör trinken und im Fachblatt für Zollbedienstete blättern?

Toni blieb vor dem Wirtshaus „Zur Grünen Eiche" stehen. Stimmen und Gelächter drangen durch die erleuchteten Scheiben nach draußen. Viele seiner Kollegen verkehrten in diesem Lokal, das auch von der sogenannten besseren Bürgerschaft bevorzugt wurde.

Ohne große Begeisterung betrat Toni die Gaststube. Da saßen wirklich vier Zollassistenten an einem Tisch und droschen einen zünftigen Tarock. Sie begrüßten ihn mit lauten Zurufen und forderten ihn auf, sich an dem Spiel zu beteiligen: Toni lehnte ab.

„Mir steht heut net der Sinn danach." Er setzte sich aber zu ihnen an den Tisch und ließ sich eine Maß Bier bringen. Trinkend und rauchend sah er zu, wie die Karten auf den Tisch geknallt wurden, und langweilte sich immer mehr. Hastig leerte er den Krug und stand auf.

Einer der Kollegen zwinkerte vielsagend mit den Augen. „Der Wiesbeck hat gewiß was Besseres vor", vermutete er. „Man weiß ja, daß ihm die Weibsbilder nachlaufen wie die Schulbuben dem Würstlbrater. Irgendwo wird schon eine warten."

Die anderen Zöllner lachten. Toni grinste ein wenig gezwungen. „Auf mich wartet net einmal die alte Stieglerin, die so grauslich ist, daß man sie bloß durch die Sonnenbrille anschauen kann." Er warf eine Münze auf die Tischplatte. Schallendes Gelächter folgte ihm, als er die Gaststube verließ.

Tief sog er die kühle Nachtluft in die Lungen. Als er um die nächste Ecke bog, stieß er beinahe mit seinem Vorgesetzten, dem Inspektor Ruhland und dessen Ehefrau, zusammen. Erfreut wurde er von dem Dienststellenleiter begrüßt.

„Wir sind gerade auf dem Weg zum Bürgermeister, der uns zu einem Honorationsumtrunk eingeladen hat", erklärte Ruhland. „Der Bürgermeister hat bestimmt nichts dagegen, wenn ich Sie mitbringe, Wiesbeck. Er spricht mit großer Hochachtung von Ihrem jüngsten Erfolg über das Schmugglerunwesen."

Der junge Zöllner lehnte höflich dankend ab. Er schützte Müdigkeit vor und beeilte sich, dem wohlwollenden Vorgesetzten zu entrinnen. Ohne auf die Richtung zu achten, schritt er durch die Nacht. Plötzlich stand er am Beginn der Felsenstraße, die hinauf zu der berüchtigten Kneipe führte, der man den Namen Bärenschlößl gegeben hatte. Toni schüttelte über sich selbst den Kopf und wollte umkehren. Doch wie festgewurzelt blieb er stehen. Seine scharfen Augen sahen oben einen schwachen Lichtschein. Sicher ging es in dem heruntergekommenen Wirtshaus wieder hoch her. Und sie stand im Mittelpunkt, sie, die rothaarige Schöne mit den dunklen Augen und den aufregenden Formen. Dieses Rasseweib, das einen Mann um den Verstand bringen konnte. Aber nicht ihn, glaubte er zu wissen. Ihm drohte von keiner Frau Gefahr. Als wollte er den Wahrheitsgehalt dieser Behauptung unter Beweis stellen, setzte er sich erst zögernd, dann immer schneller in Bewegung. Eine halbe Stunde später stand er vor der Kneipe.

Es war unter den Zöllnern nicht üblich, außerhalb des Dienstes dieses verrufene Lokal zu betreten. Und für einen einzelnen Beamten auch nicht ratsam. Die meisten der Gestalten, die sich hier ein Stelldichein gaben, hatten irgend etwas auf dem Kerbholz.

Schmuggel war dabei noch das harmloseste Vergehen. Durch das Auftauchen eines Zöllners fühlten sie sich herausgefordert. Die alkoholumnebelten Gehirne erhitzten sich, und die Messer saßen locker.

Toni war alles andere als ängstlich, doch sich sinnlos einer Gefahr auszusetzen hielt er nicht für Mut, sondern für Dummheit. Also machte er auf dem Absatz kehrt, um wieder ins Dorf hinunterzuwandern. Da hörte er ein leises Räuspern hinter seinem Rücken. Rasch drehte er sich um.

Aus der Finsternis heraus sagte eine etwas heiser klingende Frauenstimme: „Grad, als ob ich geahnt hätt, daß du da bist, Toni. Plötzlich hab ich's in der verrauchten Wirtsstube nimmer ausgehalten.“ Die Besitzerin der Stimme schob sich in den Lichtschein. „Hast auch so viel an mich denken müssen wie ich an dich?“ Mit leichtem Spott fügte sie hinzu: „Oder hast es am End gar net auf mich abgesehen, sondern auf einen andern?“

„Einen Spaziergang hab ich gemacht, Minna“, sagte der Zöllner verlegen. „Jetzt mach ich mich wieder auf den Heimweg. Pfüat dich, Schlößlwirtin!“

Mit einem schnellen Schritt war die Rothaarige an Tonis Seite. Ungeniert hakte sie ihn unter. „Ohne ein gutes Schlückl kommst du mir net davon“, verkündete sie fröhlich und zog den Widerstrebenden auf die Tür zu. „Die Ehr mußt mir schon antun."

Minna stieß die Tür auf und schob Toni vor sich her in die Gaststube hinein. Der Zöllner blieb stehen und sah sich prüfend um. Fast alle Tische waren voll besetzt. Etwa dreißig Menschen mochten sich in dem nicht allzu großen Raum aufhalten. Unter den dikken Rauchschwaden blickte ihm manches verkniffene und verwegene Gesicht entgegen, von dem er wußte, daß es schon durch Gitterstäbe geguckt hatte. Die meisten der zwielichtigen Typen stammten nicht aus dieser Gegend. Die Grenze hatte sie angelockt. Ehrliche Arbeit scheuend, zogen sie es vor, Waren auf Schleichpfaden hinüber- und herüberzutragen. Das Risiko, die Freiheit zu verlieren, nahmen sie bedenkenlos in Kauf. Sie waren im Notfall auch bereit, ihr Leben in die Schanze zu schlagen. Das eigene und das des Gegners. Sie lebten für den Augenblick und dachten nicht an morgen. Wer heute volle Taschen hatte, der war ein König. Der nächste Tag kümmerte sie nicht. Sie tranken bis zur Besinnungslosigkeit und steckten den geneigten Animiermädchen die Geldscheine bündelweise in den tiefen Miederausschnitt. Man genoß jede Stunde. Die nächste konnte schon die letzte sein.

Der Stimmenlärm verebbte jäh. Nur noch

leises Gemurmel zog durch den Raum. Aller Augen richteten sich auf den Zöllner, den jeder der Anwesenden trotz seiner Zivilkleidung sofort erkannte.

Die rothaarige Wirtin stemmte die Fäuste in die Hüften. Auf ihrer bronzebraunen, makellosen Stirn bildete sich eine tiefe Falte. „Hat es euch die Stimmbänder verschlagen?" rief sie scharf in die Runde. „Ihr seid zum Trinken da und net zum Glotzen." Sie nahm einen Stuhl und rückte ihn an den Schanktisch. „Setz dich zu mir", forderte sie den Zöllner auf. Dieser tat, wie ihm geheißen, und Minna ging um die Theke herum und füllte zwei Gläser aus einer angebrochenen Flasche mit perlendem Schaumwein. Sie trank Toni zu, und dieser folgte ihrem Beispiel.

„Schau einer an", stieß ein hagerer Bursche mit mächtigem Schnauzbart hervor. „Die Minna säuft Sekt mit einem von der Grenzerbande. Aber vielleicht seh ich dich schon nimmer richtig nach dem fünfzehnten Stamperl Zwetschgenschnaps."

„Freilich siehst du richtig", belehrte ihn ein älterer Gast, dessen graues Haar borstig vom Kopf abstand. „Doch die Minna weiß schon, was sie tut. Leicht gar ist der Grenzer ein Mensch, mit dem man ein vernünftiges Wörtl wechseln kann."

„Der Wiesbeck?" brüllte einer im Hintergrund und stieß ein schrilles Gelächter aus. „Das ist der schärfste Bluthund, den die Todelbrunner im Zwinger haben. Der schießt erst und fragt dann, ob einer was zu verzollen hat."

Grimmig lächelnd schüttelte Toni den Kopf. „Wer hat dir denn deine Weisheiten eingeimpft, Wegscheider?" rief er dem Schreihals zu. „Wir zwei sind uns noch net begegnet, wenn du einen Sack schleppst. Wenn's soweit ist, wirst schon merken, wie ich mit einem Schmuggler umspring."

„Laß dich auf keinen Diskurs mit ihnen ein, Toni", murmelte die Wirtin warnend. „Unterhalt dich lieber mit mir." Sie beugte sich über den Schanktisch, wobei sich dem jungen braunhaarigen Mann ein aufreizender Einblick darbot. „Daß du ledig bist, weiß ich", sagte die Wirtin in vertraulichem Ton. „Ob du im Dorf eine Liebschaft hast, ist mir leider net bekannt."

„Eine Liebschaft?" Toni überlegte einen Moment. „Die Seidl Hanna ist mir lieb und wert", sagte er nachdenklich. „Aber wir sind kein Gespann. Eine nette Freundschaft ist es halt. Net mehr."

Um die Mundwinkel der Rothaarigen zuckte es mitleidig. „Die Seidl Hanna?" wunderte sie sich „Das wär wohl net die rechte

Gesponsin für dich. Sie mag ein herzensgutes Madl sein, doch die Schönheit hat der Wind an ihr vorbeigeweht."

„Aufs Herz kommt's an", verteidigte der junge Zöllner die Bauerntochter stirnrunzelnd. „Von der Schönheit kann keiner runterbeißen."

„Das sagt man so", erwiderte die Wirtin gelassen. „Aber wenn's Aug keine Freud hat, wird die Lieb meistens net alt."

Der Zöllner wollte ihr die nach seiner Meinung unsinnigen Ansichten ausreden, doch er kam nicht dazu. Eines der beiden Animiermädchen schaukelte hüftenschwingend heran. Sie musterte den Zöllner von Kopf bis Fuß und nickte anerkennend.

„Bei dem kann man freilich vergessen, daß er sonst eine Uniform am Leib hat", sagte sie mit öliger Stimme. „Der könnt mir auch gefallen."

„Kümmere dich um die Gäste, Rosa, und paß auf, daß sie ihren Durst net vergessen", sagte Minna leise.

„Ja, ja", rief die Fette beschwichtigend. „Man wird ein fesches Mannsbild doch noch aus der Näh anschauen dürfen. Ich fress' ihn schon net auf." Dem Zöllner noch einen verheißungsvollen Blick zuwerfend, schaukelte sie davon.

„Jetzt brauch ich einen tüchtigen Schluck",

sagte Toni lachend, und Minna lachte mit.

Je länger er sich mit dieser nicht mehr ganz jungen, aber bildhübschen Frau unterhielt, desto sympathischer fand er sie. Sie hatte Herz, Humor und auch Mut. Es gab wohl nur wenige Frauen, die sich an Selbstsicherheit mit ihr messen konnten.

Toni zog seine Uhr aus der Tasche und warf einen Blick darauf. Er tat überrascht. „Schon höchste Zeit", sagte er, leerte sein Glas und wollte sich vom Stuhl erheben, doch eine Handbewegung der Wirtin hinderte ihn daran.

„Jetzt darfst noch net gehen, Toni", sagte sie. „Ein halbes Stünderl mußt mir schon noch schenken." Sie goß die Gläser voll und sah ihn mit ihren dunklen, geheimnisvollen Augen lange an. Der junge Mann spürte, wie das Blut in seinen Schläfen pochte.

Als er den Blick endlich von ihr losreißen konnte, stand ein breitschultriger, mittelgroßer Mann neben ihm. Der Mann hatte ein lederhäutiges, eckiges Gesicht. Der schmale Mund, der wie ein Strich wirkte, verriet Brutalität. Toni konnte sich nicht erinnern, ihm schon einmal begegnet zu sein. Die stechenden graugrünen Augen wanderten von Toni zu Minna hinüber.

„Jetzt möcht ich doch wissen, was eine Frau wie die Schlößlwirtin mit so einem zu beschwatzen hat", kam es rauh aus dem lippenlosen Mund.

Minna Carletti richtete sich auf. Ihre Miene wurde eisig. Toni hätte nicht für möglich gehalten, daß aus den eben noch feurig blickenden Augen soviel Kälte strömen konnte. „Misch dich net in Angelegenheiten, die dich nix angehen, Martin", stieß sie heiser hervor.

Das eckige Männergesicht blieb unbewegt. „Vielleicht geht mich die Sache doch etwas an, Minna", sagte er gedehnt. „Der andere ist kaum aus dem Haus, da ..."

„Maul halten und verschwinden!" fiel ihm Minna schroff in die Rede. „Und laß dich so schnell nimmer blicken in meinen vier Wänden."

Ein dünnes Lächeln trat in das harte, eckige Männergesicht. „Du weißt genau, daß ich jetzt die erste Flöte blas, seitdem der andere gegangen ist", bemerkte er ruhig. „Er hat mir aufgetragen, dir ein bisserl auf die Finger zu schauen."

Mit Minnas eisiger Gelassenheit war es vorbei. Erregt klammerten sich ihre Finger um das dünnwandige Glas, das klirrend zerbrach.

„Schick ihn weg!" verlangte der Mann und wies mit dem Kopf auf den Zöllner. „Wenn er fort ist, wirst schnell wieder zur Vernunft kommen."

„Net er geht, sondern du", keuchte sie. „Hinaus mit dir!"

Der mit dem Namen Martin angesprochene Mann haschte nach ihrem Handgelenk und drückte es. Die Rothaarige stieß einen Schmerzlaut aus und versuchte sich loszureißen, doch es gelang ihr nicht. Da packte Toni den Mann am Joppenaufschlag.

„Loslassen, Bürschl, sonst kriegst du's mit mir zu tun", knurrte er.

Sofort gab Martins knochige Hand Minnas Arm frei. Mit einem triumphierenden Grinsen drehte er sich zu dem Zöllner hin. „Jetzt kannst dein Testament machen, Grenzschnüffler", zischte er.

Er holte aus und schlug zu. Doch Toni wich geschickt zur Seite und stieß seine Rechte in das eckige Gesicht des Gegners. Dieser zeigte keine Wirkung und überfiel den Zollbeamten mit einem Schlagwirbel. Toni brachte sich rechtzeitig außer Reichweite, so daß ihn Martins Faust nur einmal am Kinn streifte. Mit gewaltigen Schwingern versuchte der Mann mit den grüngrauen Augen nun sein Glück. Doch sie verpufften in der Luft, ohne Schaden anzurichten, da Toni leichtfüßig hin und her tänzelte. Ganz unvermutet sprang der Zöllner den Feind an und knallte ihm die geballte Faust an die Schläfe. Martin taumelte nach rückwärts und prallte an den Schanktisch.

„Aufhören!“ schrie die Wirtin. Doch ihr Schrei ging im allgemeinen Gegröle unter.

Alle Gäste waren von ihren Sitzen aufgesprungen und drängten nach vorne, um das Kampfgeschehen aus nächster Nähe verfolgen zu können.

Martin hatte sich wieder gefangen. Mit erhobenen Fäusten ging er auf den Zöllner zu. „Bist ein ausgekochter Hund, Grenzer“, kam es gepreßt von seinen Lippen. Verwunderte Anerkennung war aus diesen Worten herauszuhören. „Aber jetzt geht's dir an den Kragen.“

Blitzschnell hob er einen Fuß und trat Toni in den Unterleib. Toni krümmte sich stöhnend und hielt sich den Bauch. Währenddessen hämmerte Martin harte Schläge in sein Gesicht. Die Wut über diesen hinterhältigen Angriff ließ Toni die Schmerzen vergessen. Er schnellte nach vorne. Sein Kopf rammte die Brust des Gegners. Martin stolperte, errang sein Gleichgewicht wieder, doch seine Abwehr kam zu spät. Toni schmetterte einen Haken an dessen Kinnspitze, der einen Ochsen gefällt hätte. Ohne einen Laut von sich zu geben, stürzte Martin zu Boden. Dort blieb er mit verdrehten Augen liegen.

„Bravo, Toni!“ jaulte die Rothaarige. Im selben Moment schrie sie auf. „Vorsicht, Toni!“

Der Zollbeamte fuhr herum. Bevor er es verhindern konnte, zerschellte ein Stuhl auf seinem Kopf. Vor seinen Augen wurde es schwarz. Er glaubte in einen dunklen Abgrund zu versinken. Dann wußte er nichts mehr.

Die Wirtin Minna Carletti hielt plötzlich einen kleinen Revolver in der Hand.

„Wer ihn anrührt, dem schieß ich ein Loch ins Fell!"

Der Lärm verstummte. Schlagartig. Die Gäste stierten Minna an. Keine der zwielichtigen Gestalten wagte sich zu bewegen. Man kannte die Rothaarige.

Martin schlug die Augen auf. Er hob den Kopf und glotzte verständnislos in die Runde. Taumelnd erhob er sich. Als er den Zöllner regungslos am Boden liegen sah, huschte ein teuflisches Grinsen über das eckige Gesicht.

„Ist er hinüber?" fragte er und deutete auf den Zöllner.

„Nein", sagte einer der Gäste. „Ich hab ihm mit dem Sessel den Scheitel nachgezogen."

Jetzt fiel Martins Blick auf die Rothaarige und die Waffe in ihrer Hand, deren Mündung auf ihn zeigte.

„Du mußt übergeschnappt sein, Minna", murmelte er.

„Hinaus mit dir, Martin!“ kam es schneidend von Minnas Lippen. „Und wer glaubt, daß er zu dir gehört, der soll gleich mit dir gehen.“

„Ich geh, Minna“, sagte Martin schließlich mit rauher Stimme. „Aber dein hintertriebenes Spielchen wird dir noch heimgezahlt. Net von mir. Das besorgt ein anderer. Du weißt schon wer.“ Mit schwerfälligen Schritten ging er zur Tür und riß sie auf. Fünf Männer folgten ihm. Krachend schlug die Tür hinter ihnen zu.

Die rothaarige Wirtin ließ den Revolver in ihrer Schürzentasche verschwinden, eilte um den Schanktisch herum und beugte sich über den Zöllner, der mit geschlossenen Augen reglos dalag. Sie befühlte seine Stirn und legte dann ihr Ohr an seine Brust. Ihre Miene zeigte Erleichterung, als sie sich wieder aufrichtete.

„Mir scheint, es fehlt net weit bei ihm“, sagte sie zur fetten Rosa. „Eine leichte Gehirnerschütterung wird er halt haben.“

„Schütt ihm ein Krügl Bier über den Schädel, dann ist er gleich munter“, meinte einer der umstehenden Männer.

Minna hob den Kopf. „Hockt euch auf eure Stühl, Leut“, rief sie energisch, „und trinkt lieber, bevor ihr dumme Witze reißt.“

Die Angesprochenen lachten wieder, doch

sie befolgten Minnas Aufforderung. Diese bat das dicke Animiermädchen, den Bewußtlosen mit ihr zusammen hinauf ins Obergeschoß zu tragen, wo ihr Schlafraum lag.

„Das könnten doch zwei von den Kerlen besser besorgen“, wunderte sich Rosa. „Der Grenzer ist ein kräftiges Mannsbild und hat bestimmt ein schönes Gewicht.“

„Von diesen Haderlumpen setzt mir keiner einen Fuß in meine Kammer“, zischte Minna böse. Sie packte Toni unter den Armen, und Rosa griff mit ergebenem Augenaufschlag nach dessen Beinen. Mühsam schleppten sie ihn aus der Gaststube, die wackelige, knarrende Stiege hinauf und legten sie ihn in Minnas Schlafgemach aufs Bett.

Die Wirtin steckte die Kerze auf dem Nachttisch in Brand. „Schau du unten in der Gaststube nach dem Rechten, Rosa“, bat sie. „Ich muß mich um den Grenzer kümmern.“

Fast eine halbe Stunde verging, die Minna wie eine Ewigkeit erschien, bis er sich regte. Ein leises Stöhnen kam zwischen seinen halboffenen Lippen hervor. Die Augenlider begannen zu zucken, zu flattern und öffneten sich dann. Der Blick war starr zur Zimmerdecke gerichtet, auf der der flackernde Schein der Kerze gespenstisch hin und her tanzte.

„Toni“, sagte die Rothaarige leise und verstärkte den Druck ihrer Hand. „Toni, hörst du mich?“

Unendlich langsam drehte der junge Zöllner den Kopf zur Seite. Doch sogar diese behutsame Bewegung schien ihm Schmerzen zu bereiten. Wieder stöhnte er. Seine Augen richteten sich auf die Frau neben ihm.

„Minna, du?“ fragte er erstaunt. „Wo – wo bin ich?“

„In meiner Schlafkammer“, die Wirtin lächelte ihn an. „Ich glaub, mancher tät sich wünschen, an deiner Stelle dazuliegen.“

Toni hob die Hand und betastete seinen Kopf. Er fühlte eine taubeneigroße Beule und verzog sein Gesicht. „Da hat wohl einer mit dem Bierkrügl bei mir angeklopft“, scherzte er mühsam.

„Ein Stuhl war's, Toni“, belehrte ihn die Rothaarige.

„Aha!“ Er richtete den Oberkörper auf und stützte sich auf den Ellbogen.

„Erzähl mir, wo der Kerl geblieben ist, der mit mir gerauft hat.“

„Aus dem Haus hab ich ihn gewiesen“, erklärte Minna gelassen. „Ihn und ein paar andere.“

„Ich fürcht, du hast dir Feinde gemacht, Minna“, murmelte er, und seine Stirn umwölkte sich sorgenvoll. „Das ist net gut für dein Geschäft und auch net gut für dich. Bei solchen abgefeimten Bürschln weiß man nie, was sie im Schild führen."

„Laß dir deswegen keine grauen Haare wachsen, Toni", tat Minna unbekümmert. „Ich weiß mir schon zu helfen."

„Es ist meine Schuld", sagte er unglücklich. „Ich hätt net herkommen dürfen."

Die Rothaarige beugte sich vor. Ihr Gesicht näherte sich dem seinen. „Ich freu mich, daß du gekommen bist", flüsterte sie.

„Minna?" staunte er. „Hast mich denn am End lieb? Mich? Einen Grenzer?"

„Die Lieb fragt net nach dem Beruf", hauchte sie. Ihre Arme schlangen sich um seinen Hals. Die vollen, sinnlichen Lippen drückten sich auf seinen Mund. Sie küßte ihn so heiß und verzehrend, daß ihm der Atem wegblieb. Er vergaß seine Kopfschmerzen, seine Sorgen, Zeit und Raum, spürte nur die Glut ihrer Küsse.

Mit einem Seufzer nahm sie ihre Arme von seinem Hals und stand auf.

Im unsicheren Licht der flackernden Kerze sah Toni, wie sie ihr Mieder aufknöpfte, die Röcke und weitere Hüllen fallen ließ. Bewundernd starrte der junge Mann den schönen, wohlgeformten Frauenkörper an, der langsam auf ihn zukam. Minna blies die Kerze aus. Toni fühlte, wie sich ihre Rundungen an ihn preßten. Das Blut schoß heiß durch seine Adern. Er drängte sich ihr entgegen.

Die Morgendämmerung war nicht mehr fern, als der peitschende Knall eines Schusses die nächtliche Stille zerriß. Er kam von den Höhen herunter. Gleich darauf folgten drei, vier weitere Schüsse.

Toni Wiesbeck fuhr aus dem Schlummer auf. Es dauerte Sekunden, bis er sich besann, wo er war. Neben ihm regte sich die Rothaarige. Sie faßte nach seinem Arm und hob den Kopf.

„Was ist los?" fragte sie schläfrig. „Hast schwer geträumt, mein lieber Bub?"

„Nein", sagte er gepreßt. „Geschossen ist worden. Unsere Leut müssen auf einen Schmugglertrupp gestoßen sein. Hoffentlich ist alles gut ausgegangen."

Minna drückte ihren Kopf an seine Schulter. „Schlaf weiter, Bub. Der Tag ist noch net angebrochen."

„Ich hab keine Ruh mehr." Mit einem Satz sprang er aus dem Bett und begann sich fieberhaft anzukleiden.

Der junge Zöllner schnürte seine Schuhe. Dann trat er zum Bett und fuhr der Frau rasch über das rote Haar. „Versteh mich, Minna. Ich muß erfahren, was vorgefallen ist."

„Nix versteh ich", stieß sie eigensinnig

hervor. „Wenn dir die Kameraden wichtiger sind als ich, kannst meinetwegen bei ihnen bleiben."

Er beugte sich über sie, um einen Kuß auf die vollen Lippen zu drücken, doch sie drehte den Kopf rasch zur Seite. „Schad, daß du so wenig Einsicht hast", bedauerte er und ging zur Kammertür.

Bevor er die Tür erreicht hatte, war Minna bei ihm und umklammerte seine Hüften. „Verzeih, Liebster", bat sie. „Mußt mich ja für ein ganz ungutes Frauenzimmer halten. Freilich versteh ich dich. Bist halt besorgt um die Kollegen." Sie entzündete die Kerze und leuchtete ihm die Stiege hinunter. Toni warf ihr von unten noch einen Handkuß zu und stürmte aus dem Haus, das in tiefem Dunkel lag.

Als er die Felsenstraße hinabeilte, meldete sich der neue Tag im Osten schon mit gelbem Schein. Ziemlich außer Atem langte er am Zollamtsgebäude an. Vor dem Tor stand Inspektor Ruhland und schaute zu den Graten des Hirtenjochs hinauf.

„Haben Sie die Schüsse auch gehört, Wiesbeck?" fragte er und nickte dem Untergebenen grüßend zu.

„Ja, Herr Inspektor", bestätigte Toni.

„Wieso sind Sie zu dieser frühen Morgenstunde unterwegs? Wo kommen Sie her?"

Gleich darauf lächelte er entschuldigend. „Ich hab kein Recht zu fragen, was meine Männer in ihrer Freizeit treiben. Durch die Schüsse bin ich ein bißchen durcheinander. Nehmen Sie's mir nicht krumm, Wiesbeck."

„Gewiß net, Herr Inspektor", sagte Toni und hüstelte verlegen. Er hatte sich schon eine Ausrede zurechtgelegt. „Mit einem Freund war ich am Toblerweiher. Die Fische beißen in der Nacht besser an als am Tag."

Der Vorgesetzte gab keine Antwort. Mit geweiteten Augen starrte er die Gasse hinunter, die zum Dorfende führte. Dort näherten sich drei uniformierte Gestalten. Der mittlere der Zollbeamten wurde von den beiden anderen mehr getragen, als er ging. Sein Kopf hing vornüber.

„Gütiger Himmel!" murmelte der Zollamtsleiter. „Hat's also doch einen erwischt." Er setzte sich in Bewegung. Toni folgte ihm.

Sie trafen mit den drei Ankommenden zusammen. Toni traute seinen Augen nicht. Der Verwundete, der mehr tot als lebendig zwischen seinen Kameraden hing, war sein Freund Justin Stelzer. Entsetzt wandte er sich an den Dienstleiter.

„Wieso war der Stelzer heut nacht im Einsatz?" wollte er wissen. „Er sollte doch erst um die Mittagsstund mit mir den Dienst antreten."

„Der Burgmüller mußte aus familiären Gründen nach Hause fahren“, gab Ruhland Auskunft. „Da ist Stelzer freiwillig für ihn eingesprungen. Aber jetzt kein unnötiges Wort mehr.“ Jeder packte mit an. So schafften sie Justin schnell ins Zollamt und legten ihn im Aufenthaltsraum auf das Sofa. Eine Kugel hatte seine rechte Brustseite durchschlagen und war im Rücken ausgetreten.

„Justin! Bürschl!“ murmelte Toni ergriffen. „Was machst denn für Geschichten?“

Der Schwerverletzte hob für einen Augenblick die Lider und senkte sie wieder. Es war ungewiß, ob er den Sprecher erkannt hatte. Der noch ziemlich junge Dorfarzt stürmte ins Zimmer und forderte die Beamten energisch zum Verlassen des Raumes auf. Jetzt erst fand Ruhland Zeit, sich den Rapport der unverletzten Zöllner anzuhören.

Sie waren auf dem Kitzensteig mit einer sechs Mann starken Gruppe von Grenzsündern zusammengestoßen, die beim Anblick der Zöllner sofort das Feuer eröffnet hatte und dann geflohen war. Hans Rankl, einer der beteiligten Zollbeamten, glaubte zwar, daß ein Schmuggler bei dem Schußwechsel getroffen worden war, doch nur so leicht, daß er die Flucht fortsetzen konnte.

„Wetten möcht ich“, sagte Toni düster, „daß der Wurzer Lenz allweil noch die Hand im Spiel hat, auch wenn er sich nimmer offen zeigen kann. Der hockt in irgendeinem Schlupfwinkel und spinnt die Fäden. Hätten wir ihn nur in der vorletzten Nacht erwischt. Ohne Kopf ist die giftigste Schlange net zum Fürchten."

Ruhland reckte sich. Er war ein kleiner, drahtiger Mann, der immer bemüht war, etwas größer auszusehen. „Wir kriegen ihn schon noch", sagte er zuversichtlich. „Auch für ihn ist ein Kraut gewachsen, an dem er sich verschluckt."

Der Doktor kam aus der Tür. Aller Augen richteten sich auf ihn. Der Arzt kratzte sich hinterm Ohr. „Soweit sich die Schußwunde nach einer ersten Untersuchung beurteilen läßt, wird er durchkommen", erklärte der junge Dorfarzt. „Das Spital drunten in Wiedach ist verständigt, der Krankenwagen unterwegs. Drücken wir ihm halt die Daumen, daß keine Komplikationen auftreten."

★

Zwei Monate waren seitdem ins Land gegangen. Der Schmuggel blühte weiter wie eh und je. In dieser Armeleutegegend lockte der hohe Verdienst, den der Schmuggel abwarf. Dafür nahmen sie alle Gefahren in Kauf.

Justin Stelzers Schußverletzung war längst

verheilt. Nach seiner Entlassung aus dem Krankenhaus hatte er einen ausgiebigen Genesungsurlaub bei seinen Eltern in der Kreisstadt verbracht und war dann zu seiner Dienststelle nach Tobelbrunn zurückgekehrt. Alle Kollegen freuten sich darüber. Am meisten sein Freund Toni Wiesbeck. Doch Justin war ein anderer geworden. Von der jungenhaften, draufgängerischen Fröhlichkeit war nichts übriggeblieben. Er verrichtete zwar seinen Dienst mit der gleichen Gewissenhaftigkeit wie vorher, doch in seinen freien Stunden zog er sich von allen zurück, war verschlossen, einsilbig, ja sogar abweisend. Auch zu Toni.

Toni Wiesbeck war fast täglich mit der schönen rothaarigen Minna Carletti zusammen. Er besuchte sie bevorzugt zu Tageszeiten, wo sich im Bärenschlößl noch keiner der fragwürdigen Gäste aufhielt, die meistens in den Abendstunden die Kneipe zu füllen begannen.

Es war eine herrliche und zugleich schlimme Zeit für Minna und Toni. Sie liebten und stritten sich. Mal sanken sie sich zärtlich in die Arme, verzehrten sich in heißer Liebesglut. Dann warfen sie sich wieder böse Worte an den Kopf. Minnas Laune litt unter dem schlechteren Geschäftsgang. Die Schuld daran schob sie ihm zu.

„Wie kann man sich bloß in einen Grenzer vergaffen", stieß sie eines Tages giftig hervor. „Das ist grad, als ob sich die Maus mit dem Kater anfreundet."

„Kein Kater ist auf eine Maus angewiesen", erwiderte er spöttisch. „Von der Sorte gibt's einen ganzen Haufen."

Darauf warf sie sich wieder an seinen Hals und stammelte eine Entschuldigung. Es ginge ihr nicht um Geld, versicherte sie. Davon hätte sie genug, um jederzeit die Kneipe aufgeben zu können. Toni bräuchte nur seinen Dienst aufzukündigen, dann würde sie mit ihm zusammen fortgehen.

Davon wollte Toni nichts wissen. Er lief ständig mit einem schlechten Gewissen herum, denn seit jener Nacht im Bärenschlößl hatte er sich nicht mehr um die Seidl Hanna gekümmert. Das hatte das anhängliche, herzensgute Mädchen nicht verdient. Keine Zeile, kein Wort hatte er für sie übrig gehabt. Auf der Straße war er ihr sogar ausgewichen. Er wollte ihr nicht in die Augen sehen, denn sicher war auch ihr zu Ohren gekommen, worüber in Tobelbrunn nicht nur die Ratschweiber tuschelten. Seine Liebschaft mit der roten Hex, wie Minna im Dorf genannt wurde, war in aller Munde.

Der diskrete, taktvolle Zollamtsleiter hatte lange geschwiegen, doch nach einer Dienstbesprechung stellte er Toni unter vier Augen zur Rede: „Das Privatleben meiner Mitarbeiter ist normalerweise für mich tabu“, sagte er ernst, „doch Sie wissen, welche Kreise in Frau Carlettis Gaststätte verkehren, Wiesbeck. Gibt Ihnen das nicht zu denken?“

Tonis Augen hielten dem prüfenden Blick des Vorgesetzten stand. „Unter den Gästen des Bärenschlößls befindet sich wohl mancher, der besser hinter Gittern aufgehoben wäre“, antwortete er mit fester Stimme. „Doch Frau Carletti kann weder in den Leumund dieser Leute noch in ihre Herzen schauen. Kein Gastwirt der Welt fragt nach dem Ursprung des Geldes, das auf seinem Schanktisch klimpert. Mit dunklen Machenschaften hat Frau Carletti nix zu tun.“

Inspektor Ruhland machte ein zweifelndes Gesicht. „Dafür würde ich meine Hand nicht ins Feuer legen, Wiesbeck“, sagte er leise, aber mit Nachdruck.

Der junge Zollassistent richtete sich zu seiner vollen Größe auf. Seine Kinnbacken mahlten. Erregt rief er: „Am End mißtrauen auch Sie mir, Herr Inspektor? Wenn das so ist, quittier ich den Dienst lieber heut als morgen.“

Ruhland lächelte. Langsam ging er auf Toni zu und legte ihm eine Hand auf die Schulter. „Keine Sekunde zweifle ich an Ihrer Lauterkeit, Wiesbeck", versicherte er mit Wärme. „Ich bitte Sie nur um eines: Halten Sie Augen und Ohren offen. Überall. Auch ..." Er hüstelte. „Auch im Bärenschlößl."

Toni versprach es und verließ mit hochrotem Kopf das Zimmer des Zollamtsleiters. Die Unterredung hatte ihn nachdenklich gemacht, und er ließ in seinem Gedächtnis jedes Wort und jede Miene der Rothaarigen Revue passieren. Hätte sie sich damals gegen diesen Martin gestellt, wenn sie selbst daran beteiligt wäre? Nein! Eine intelligente Frau wie sie grub sich nicht selbst das Wasser ab.

Da Justin noch immer Innendienst verrichtete, wurde Toni für seine Kontrollgänge in Grenznähe der Zollassistent Benno Hallhuber als Begleiter zugeteilt. Toni war darüber alles andere als erfreut, denn Hallhuber war ein geltungssüchtiger Wichtigtuer, immer darauf bedacht, sich gut in Szene zu setzen und Lob einzuheimsen. In seinen Dienstberichten nahm er es mit der Wahrheit nicht allzu genau und ließ sein Licht leuchten, auch wenn es auf Kosten der Kollegen ging. Die meisten Zöllner sträubten sich daher mit Händen und Füßen gegen die Zusammenarbeit mit ihm, doch Toni nickte nur verdrossen, als ihm Benno zur Seite gestellt wurde. Er wollte nicht noch weiteren Staub aufwirbeln.

Schweigend stiegen die beiden Männer den Geißenpaß hinauf bis zum Gipfelgrat. Mit dem Fernglas beobachtete Toni die Felshänge, die schon jenseits der Grenze lagen. Nur friedlich äsende Gemsen waren auszumachen, sonst keine verdächtige Bewegung wahrzunehmen.

Gemächlich schritten die Beamten ein Stück auf dem Steig zurück, bis sie an der Felswand anlangten, die senkrecht zur Fuchsenschlucht abfiel. Toni blieb stehen, schob sich die Mütze aus der Stirn und schaute nachdenklich in die Tiefe.

„Wetten möcht ich, daß die Lumpen auch durch die Fuchsenschlucht gehen", murmelte er und kaute an einer Enzianblüte herum. „Von uns ist bloß noch keiner auf die Idee gekommen, sich da unten einmal zu postieren."

Benno feixte und schielte aus den Augenwinkeln beinahe mitleidig zu seinem Kollegen hinüber. „Da müßten unsere Herren Schmuggler Gemsböck sein", meinte er. „Die Wänd sind steil und bretteben. Nur eine Seilschaft kann sie überwinden. Aber net mit schweren Säcken auf den Rücken wie unsere Grenzsünder."

„Gleich hinter der Grenz liegt die Nordwand", sagte Toni bedächtig. „Und auf ihr abzusteigen ist wahrhaftig kein Kunststück.

Das bringt jedes Bergbauernbübl fertig."

„Die Spitzbuben machen sich keine solche Müh", behauptete Benno. „Die wissen bessere Wege. Schlag dir die Fuchsenschlucht aus dem Kopf, Wiesbeck."

Toni stand immer noch am selben Fleck und starrte gebannt hinunter. Der Grund der Schlucht war vom Steig aus nicht zu erkennen. „Ich komm von der Idee nimmer los, daß wir da unten fündig werden könnten", murmelte er und machte schmale Augen. Dann stand sein Entschluß fest. „Vorwärts, Hallhuber! Wir gehen zur Nordwand hinüber und steigen dort ab."

„Ohne mich", maulte Hallhuber. „Während wir da drunten herumschleichen, wandert vielleicht eine ganze Bande gemütlich über den Steig und lacht sich ins Fäustchen. Im Amt hält mir dann der Inspektor wieder eine Predigt über meine Instinktlosigkeit. Zu dir sagt er freilich nix, denn du bist ja der tüchtige Wiesbeck."

„Dalkertes Gerede", brummte Toni verärgert. „Ich trag die Verantwortung für den Kontrollgang, net du. Also sperr dich net und komm mit."

„Mich bringst du net mit zehn Ochsen in die Schlucht", erwiderte Hallhuber. Seine hellen wasserblauen Augen glitzerten trotzig.

„Dann schlag da heroben von mir aus Wurzeln, du Bockschädel", stieß Toni hervor und stapfte davon, ohne sich noch einmal nach dem zurückgebliebenen Kollegen umzublicken. Er glaubte zu ahnen, welche Gedanken und Hoffnungen in Hallhubers länglichem Kopf herumspukten. Liebend gern würde er völlig allein einen Schmugglertrupp stellen und dem Inspektor vorführen, um als Held dazustehen. Davon träumte er sicher schon seit Monaten oder Jahren. In seiner krankhaften Geltungssucht vergaß er dabei, daß es den Zöllnern verboten war, im näheren Grenzgebiet einzeln herumzustreifen. Auch Toni mußte mit einer scharfen Rüge des Inspektors rechnen, wenn diesem zu Ohren kam, daß er sich ohne Begleitung in die Fuchsenschlucht begeben hatte.

Toni erreichte die Nordwand und machte sich an den Abstieg. Man mußte wirklich nicht bergerfahren sein, um diese Wand meistern zu können. Sie war zerklüftet. Terrassenförmig zogen sich Felsvorsprünge quer über die Wand, einer riesigen Treppe ähnelnd. Mühelos stieg Toni nach unten, langte bei einer ziemlich umfangreichen Geröllhalde an und marschierte hinab zum Grund der Schlucht. Dort blieb er stehen und schaute hinauf zu den Höhenzügen, die die Fuchsenschlucht säumten.

Auf dem Grund wechselten sich Felsbrocken mit kümmerlichem Gestrüpp ab, das ein kärgliches Dasein führte. Nur wenige Minuten am Tag erreichten es die Sonnenstrahlen, wenn das Gestirn im Zenit stand.

Einen Moment lang glaubte Toni selbst, einem Hirngespinst erlegen zu sein mit der Vermutung, die Schmuggler könnten ihre Ware durch die Schlucht tragen. Doch wer einmal hier unten war, erreichte schnell die Ache und somit das Tal. Gewitzte Grenzgänger nahmen gern eine kleine Kletterpartie in Kauf, um ungesehen an den Zollpatrouillen vorbeizukommen. Daß sich hier noch kein Uniformierter hatte blicken lassen, das war den Schmugglern sicher nicht unbekannt.

Der junge Zöllner wanderte gemächlich zwischen den steil aufragenden Wänden dahin. Seine wachsamen Augen überprüften den zum Teil moosigen Boden nach Fußabdrücken und lugten auch in jede größere Felsspalte. Als er zu dem kleinen Hölzchen aus Krüppelkiefern kam, kehrte er um und ging den Weg zurück. Nichts ließ darauf schließen, daß in letzter Zeit ein menschlicher Fuß den Boden betreten hatte.

„Vielleicht war's wirklich eine Schnapsidee", sagte Toni zu sich selber, „aber es hätt ja sein können." Er zuckte mit den Schultern und setzte sich auf einen Stein, nahe der westlichen Wand. „Auf jeden Fall leg ich mich hier bei meinem nächsten Nachtdienst auf die Lauer. Schaden kann's nie." Er nahm das Gewehr von der Schulter und lehnte es an einen etwa mannshohen Felsbrocken, der dicht neben ihm aufragte. Darauf schob er sich die Mütze aus der Stirn und wischte sich mit dem Taschentuch den Schweiß ab. Dann holte er das Schinkenbrot hervor, das ihm die Amtsköchin mit einem Augenzwinkern zugesteckt hatte, und biß herzhaft hinein.

Die Luft war hier unten feucht und roch nach Moder. Toni fröstelte leicht. Er beschloß, den Besuch in der Kluft für diesen Tag zu beenden und durch die Nordwand wieder hinauf zum Paß zu steigen. Sein Blick wanderte zu der Stelle, wo eben noch sein Gewehr gelehnt hatte. Das Gewehr war verschwunden.

Für den Bruchteil einer Sekunde erstarrte er. Ihm lief es eiskalt über den Rücken. Dann schnellte er hoch und wirbelte herum. Mit aufgerissenen Augen stierte er in das dunkle Mündungsloch seiner eigenen Waffe.

Ein höhnisches, glucksendes Lachen drang an sein Ohr. „Daß mir ausgerechnet der Grenzschnüffler in die Hand läuft, auf den ich's besonders abgesehen hab, hätt ich mir net träumen lassen", sagte eine rauhe Stimme.

Toni hatte seine Fassung zurückgewonnen. Er holte tief Luft und sah den kleinen Mann ruhig an, der ihm gegenüberstand. „Schau an, der Wurzer Lenz", sagte er. „Daß ich hinter dir her bin, wirst dir ja selber denken können. Jetzt hab ich dich gefunden. Das ist auch für mich ein Glück."

Ein Heiterkeitsausbruch schien die gedrungene, kurzgewachsene Männergestalt zu erschüttern. Die breiten Schultern zuckten. Der Gewehrlauf schwankte hin und her. Toni spannte alle Muskeln. Doch sein Gegner war wachsam. Sofort hielt die Mündung still und zeigte auf Tonis Brust.

„Der Unterschied ist halt, daß ich deinen Kracher hab und du mit leeren Händen dastehst, Grenzer", bemerkte der Lenz vergnügt. „So ein Unterschied bedeutet Leben oder Tod."

Der junge Zöllner wußte, daß der Schmugglerchef keine Skrupel kannte. Menschliche Regungen waren ihm fremd. Er würde abdrücken, ohne die Wimper zu bewegen. Trotzdem sagte Toni: „Du bist net dumm genug, um einen Zollbeamten zu erschießen, Lenz. Bis jetzt wirst bloß wegen Schmuggelei verfolgt. Wenn du über die Grenz gehst, bist du vor uns sicher. Aber einen Mörder jagen sie überall."

„Das Kügerl, das ich dir auf den Pelz brenn, hat net meinen Namen eingraviert,

Wiesbeck", sagte der Schmuggler gemütlich. „Keiner weiß, daß ich den Finger krummgemacht hab."

„Droben auf dem Steig steht mein Kollege", gab Toni zu bedenken. „Du kommst net weit."

„Bis der herunten ist, bin ich über alle Berge. Ich laß die Nordwand net aus den Augen." Der Wurzer Lenz genoß die Situation sichtlich. Die Hilflosigkeit seines Opfers bereitete ihm teuflisches Vergnügen.

Toni überlegte blitzschnell. Jeder unüberlegte Angriff auf den Verbrecher kam einem Selbstmord gleich.

Der junge Beamte setzte sich wieder auf den Stein und schlug gelassen die Beine übereinander. Seine Hand näherte sich langsam der Tasche des Uniformrocks und blieb dann unbeweglich in der Luft hängen. Fragend schaute er den Schmuggler an.

„Wirst mir doch erlauben, daß ich mein Pfeiferl stopf?" sagte er und lächelte leicht.

Lenz schüttelte grinsend den Kopf. „Lieber net, Wiesbeck. Könnt sein, daß sich das Pfeiferl als Pistole entpuppt." Er griff in die Brusttasche seines blauen Leinenhemds und zog eine Zigarette und ein Feuerzeug hervor. Beide Gegenstände warf er seinem Gefangenen zu. „Rauch das da. Es wird dir schon schmecken."

Toni bückte sich danach und steckte die Zigarette in Brand. Gierig sog er den Rauch in die Lungen und stieß ihn durch die Nase aus.

„Da sagen die Leut allweil, der Wurzer hätt einen Stein in der Brust statt einem Herzen", scherzte er. „Stimmt gar net. Drum glaub ich auch net, daß deine Wut auf mich so groß sein kann, bloß weil ich den Bichler zum Reden gebracht hab."

Das eben noch ziemlich friedlich wirkende, dunkelhäutige Gesicht mit der fliehenden Stirn und der vorspringenden Raubvogelnase verzerrte sich zu einer haßlodernden Fratze.

„Wenn ein Grenzer einem Schmuggler das Maul lockert", zischte Lenz, „so tut er bloß seine Pflicht und Schuldigkeit. Darüber verlier ich kein Wörtl." Er stieß die Luft hörbar zwischen den Zähnen hindurch. „Aber wenn ein Grenzer sich an das Weib heranmacht, das dem Wurzer gehört, dann ist sein Grab schon geschaufelt."

Der Mund des jungen Beamten klappte auf. Fassungslos sah er den kleinen Mann an, der etwa vier Schritte von ihm entfernt stand.

„Meinst du die Minna Carletti?"

„Sie mein ich und keine andere", knirschte der Schmugglerführer. „Und sie wird auch dafür zahlen, was sie getrieben hat. Mit dir."

Hastig sog Toni an der Zigarette und schleuderte den Rest, an dem er sich die Finger verbrannt hatte, zu Boden. „Die Minna behauptet, es wär nix zwischen dir und ihr", murmelte er. Es klang, als spräche er zu sich selbst.

„Die Minna behauptet", äffte Lenz giftig nach. „Die Welsche gehört mir. Wer sie mir nimmt, der stirbt."

Der Lauf der Waffe hob sich. Toni hielt den Atem an. Jeder Muskel, jede Sehne straffte sich. Er schob den Fuß kaum merklich um ein Stück zurück, hob die Ferse an und stemmte den Fußballen auf den Boden. Dann stieß er sich mit einem wilden Schrei ab und flog auf den Todfeind zu.

Dieser blitzschnelle Angriff überraschte den wachsamen Wurzer Lenz. Toni hatte den Gewehrlauf schon gefaßt und riß ihn zur Seite, als der Schuß durch die Schlucht dröhnte und der laute Knall sich mehrmals an den Wänden brach. Der Zöllner versuchte seinem Gegner die Waffe zu entreißen, doch in dem kleingewachsenen Mann schlummerten Bärenkräfte. Die beiden Kämpfenden verloren das Gleichgewicht und kollerten über den felsigen Boden. Toni bekam eine Hand frei und stieß sie mit voller Wucht in das dunkle Gesicht. Lenz ächzte, doch er ließ die Schußwaffe nicht los. Wieder krachte Tonis Faust an seine Kinnlade und ein drittes Mal. Mit ungeheurer Kraftanstrengung wälzte der Schmuggler sich herum, so daß er auf Toni zu liegen kam. Verbissen drückte er den Gewehrlauf nach unten. Der Lauf näherte sich Tonis Hals. Dieser stemmte beide Fäuste dagegen, doch seine Kraft erlahmte immer mehr.

Der Lauf drückte sich immer stärker auf Tonis Hals und schnürte ihm die Luft ab. Ihm drohten die Sinne zu schwinden. Seine Finger öffneten sich, und die Hände sanken kraftlos herab.

Der Wurzer Lenz sprang auf. Heftig keuchend schaute er zu dem halbbetäubten Beamten hinunter. Die Gewehrmündung zeigte auf Tonis Brust. Dieser rang immer noch nach Luft. Langsam schwanden die Nebel vor seinen Augen. Er hob den Kopf.

„Schieß endlich!" schrie Toni mit sich überschlagender Stimme. „Schieß, du sadistischer Lumpenhund!" Er packte einen handtellergroßen Stein und schleuderte ihn nach seinem Peiniger, doch der wich geschickt aus.

Der kleine Mann warf einen schnellen Blick zur Nordwand hinüber. Dann wandte er sich wieder grinsend dem Zollassistenten zu. „Das pressiert net", kam es höhnisch aus seinem Mund. „Du sollst net einen Tod sterben, sondern tausend Tode, weibstoller Schürzenjäger. Zittern wirst noch, bitten und betteln wirst noch um dein jämmerliches Leben."

Toni erhob sich, bückte sich nach seiner Mütze, die ihm vom Kopf gefallen war, und drückte sie auf die braunen Haare. Ohne den kleinen Mann mit dem angelegten Gewehr zu beachten, griff er in die Tasche und holte Pfeife und Tabaksbeutel heraus. Als hätte er die Anwesenheit Wurzers vergessen, stopfte er die Pfeife bedächtig und mit besonderer Sorgfalt. Dann steckte er sie in Brand. Eine ganze Weile paffte er schweigend blaue Wölkchen in die Luft. Dabei arbeitete sein Gehirn fieberhaft. Je länger der Lenz sein diabolisches Spiel mit ihm trieb, desto mehr stiegen seine eigenen Chancen. Benno Hallhuber mußte den Schuß gehört haben. Er konnte sich unmöglich so weit von der Schlucht entfernt haben, daß ihm der Knall und das Echo nicht zu Ohren gekommen waren. Vielleicht war er schon auf dem Weg zur Nordwand. Vielleicht machte er sich schon an den Abstieg. Von hier aus konnte er erst gesehen werden, wenn er die Hälfte der Wand schon bezwungen hatte.

Wurzers rauhe Stimme riß ihn aus seinem Sinnen. „Bist schon ein zäher Hund, Grenzer", sagte der Lenz. Anerkennung klang aus seinen Worten. „Ich glaub, du tätst dir lieber die Zunge abbeißen, als um Gnad zu winseln."

„Darauf kannst dein letztes Hemdknöpfl verwetten", knurrte Toni. „Eigentlich müßt man Mitleid haben mit einem Kerl, der zum Schießprügel greift wegen einer Frau, die ihn verabscheut."

„Hat sie das gesagt, Grenzer?" fragte Wurzer leise.

„Net direkt. Aber ich weiß, daß du ihr bis in die Seel hinein zuwider bist. Und man kann es ihr net verdenken."

Lenz kicherte. Aber seine brennenden Augen verrieten, daß ihn das Gehörte nicht erheiterte.

„Ich weiß, daß ich kein blitzsauberes Bürschl bin", sagte er, „aber die Minna und ich, wir gehören zusammen, seit ... seit ..." Er spuckte wütend aus und schaute den Zöllner böse an.

„Seit wann?"

Wurzer zuckte mit den Schultern. „Warum soll ich dir die Geschicht net erzählen? Du wirst sie net weitertratschen. Dafür sorg ich schon." Der kleine Mann setzte sich auf einen Stein in der Nähe und legte die Schußwaffe quer über seine Schenkel.

„Einen Ehemann hat sie gehabt. Er war auch ein Welscher und jeden Tag besoffen.

Nimmer ausstehen hat sie ihn können. Mir war er auch im Weg, weil ich ein Aug auf sie geworfen hab. Da hab ich den Tonio Carletti zu einem Schmugglergang überredet, bei dem angeblich viel zu verdienen war. Er ist mitgegangen, aber nimmer zurückgekommen." Der Wurzer Lenz lachte in sich hinein. „Ich bin felsenfest davon überzeugt, daß die Minna nix anderes von mir erwartet hat. Wie ich ihr die traurige Nachricht zugeflüstert hab, da war ihr ein Flascherl Champagner net zu teuer. Wir haben es ausgetrunken und sind in ihre Kammer gegangen. Zwei Jährchen lang war ich ihr Herzbub. Dann ist sie allweil kühler geworden. Und eines Tages war ihre Kammer für mich verriegelt. Ich hab mich damit abgefunden unter der Voraussetzung, daß auch kein anderer ihre Kammer betritt. Wer's doch tut, muß ins Gras beißen. Ich hab einmal für sie getötet. Jetzt kommt es mir auf einen zweiten oder dritten Toten nimmer an."

Toni hatte die Ellbogen auf die Knie gestützt und das Gesicht in beide Hände gelegt. Was er gehört hatte, erschütterte ihn. Aber er zweifelte keine Sekunde an der Wahrheit dieser Worte. Lenz hatte freimütig einen Mord gestanden. Genauso freimütig hatte er über Minnas Gefühlswandel gesprochen. Es gab für Lenz keinen Grund, einen Mann zu belügen, über den er bereits das Todesurteil gesprochen hatte, das auch vollzogen werden mußte nach diesem Bekenntnis. Darüber war sich Toni klar.

Der Zöllner lauschte auf jedes noch so ferne Geräusch. Wo blieb nur sein Kollege Benno Hallhuber? Ihn, dem er bisher nach Möglichkeit immer aus dem Weg gegangen war, sehnte er mit allen Fasern seines Herzens herbei. Er war seine einzige Rettung, der letzte Funke Hoffnung.

Lenz bemerkte die heimlichen, sehnsüchtigen Blicke, die Toni zur Nordwand hinüberschickte. Sein Mund verzog sich zu einem breiten Grinsen. „Wartest auf deinen Kameraden, gelt? Mir wär's recht, wenn er käm. Dann wär droben der Weg frei. Heut geht nämlich noch ein Trupp übern Geißenpaß."

Er hatte kaum ausgesprochen, da hallte ein Schuß über die Höhen. Toni und Lenz spitzten die Ohren. Sekundenlang war alles ruhig, dann fielen in schneller Folge zwei Schüsse. Der Schmugglerführer stieß einen leisen Pfiff aus und runzelte die fliehende Stirn.

„Dein Kamerad ist ja ein ganz schießwütiger Hund", kam es gehässig aus seinem Mund. „Zwei Manndl sind bloß unterwegs, von denen keiner einen Kracher bei sich hat. Der Schlehmüller und der Hierneis rühren keinen Schießprügel an. Die Narren meinen, wenn sie ohne Waffe erwischt werden, dann gibt's weniger Knast." Er stieß einen ellenlangen Fluch aus. „Die können sich net wehren und werden abgeschossen wie die Feldhasen."

„Vielleicht sind die beiden auf den Zuruf des Zöllners net stehengeblieben, und da hat er ein paar Warnschüsse abgegeben", sagte Toni unsicher. Er kannte den von Ehrgeiz zerfressenen Kollegen Benno Hallhuber. Um einen Erfolg vorweisen zu können, schob dieser bereitwillig irgendwelche Bedenken beiseite. Schon gar, wenn es keinen Zeugen aus den eigenen Reihen gab.

Tonis Vermutung traf ins Schwarze. Benno Hallhuber hatte den Schuß in der Fuchsenschlucht wohl gehört. Neid auf den erfolgreichen Toni Wiesbeck ergriff ihn, der offensichtlich wieder einmal den besseren Riecher gehabt hatte. Nun hieß es, so rasch wie möglich in die Fuchsenschlucht hinabzusteigen, denn wenn Wiesbeck die ertappten Schmuggler allein im Zollamt abliefert, stand er, Benno, in einem schiefen Licht da. Er wollte sich gerade auf den Weg zur Nordwand machen, da sah er ein paar winzige Punkte hoch oben auf dem Steig, die sich bewegten. Er warf sich sofort flach hinter einem Stein auf den Boden. Das Jagdfieber packte ihn.

Benno äugte hinter dem Stein hervor und fieberte darauf, daß die Punkte sich näherten, größer wurden. Doch sie waren plötzlich verschwunden. Der erfolgshungrige Zöllner wartete und wartete. Doch nichts geschah. Die Punkte blieben unsichtbar. Daß es sich um Menschen gehandelt hatte, stand für ihn außer Zweifel. Auf seine scharfen Augen konnte er sich verlassen. Auch ohne das Fernglas, das Wiesbeck bei sich hatte. Sollten die Kerle den Steig verlassen haben und über die oberen Hänge geklettert sein? Das wäre, mit der Schmugglerlast auf dem Buckel, ein äußerst strapaziöses Unterfangen, von der Gefahr ganz abgesehen. Oder hatten sie ihn erspäht und waren umgekehrt?

Benno hielt es nicht länger an seinem Platz. Er mußte handeln. Auf allen vieren kroch er zum entgegengesetzten Rand des Steigs, wo der Fels anstieg. Dort richtete er sich auf. Eng an die Wand gedrückt, huschte er den Pfad hinauf, das Gewehr schußbereit in den Händen.

Immer näher kam er der Stelle, einer Krümmung des Steigs, wo er die verdächtigen Bewegungen gesehen hatte. Benno zuckte zusammen. Sein Fuß stockte. Hinter einer Felsnase drangen Stimmen zu ihm hin.

„Geht's denn gar nimmer, Ignaz?" hörte er einen Mann fragen.

„Schau den Knöchel an, Martl", antwortete ein Zweiter. „Ganz geschwollen ist er. Jeder Schritt ist eine Qual für mich."

„So ein schandhaftes Pech", schimpfte die erste Stimme. „Jetzt hocken wir mit der verbotenen Ware da heroben und können net vor und net zurück. Ich hab bei dem Geschäft schon allweil ein ungutes Gefühl gehabt. Es zahlt sich net aus für uns. Das Risiko ist zu groß für die paar Taler. Aber du hast gemeint, goldene Zeiten brechen an."

„Einen neuen Stadel wollt ich halt bauen von dem Geld, das beim Grenzgang herausspringt", sagte der andere wehleidig. „Was der kleine Hof erwirtschaftet, langt doch grad fürs nackte Leben. Geh allein weiter, Martl. Wenn du dein Zeug abgeliefert hast, dann kommst wieder herauf und holst meinen Sack. Einen anderen Ratschlag kann ich dir net geben."

„Und du, Ignaz? Willst da heroben auf den Winter warten?"

Der Angesprochene stieß ein bitteres Lachen aus. „Die Schmerzen werden schon mit der Zeit nachlassen. Dann schlepp ich mich hinunter."

Benno hatte genug gehört. Mit angelegtem Gewehr sprang er um die Felsnase herum und schaute in zwei entsetzte Gesichter mit schreckgeweiteten Augen. „Die Händ in die

Höh und keinen Muckser, sonst kracht's!" schrie er.

Die beiden Männer, die neben ihren mächtigen, prall gefüllten Rucksäcken am Boden saßen, streckten gehorsam die Arme hoch. Die Miene des Älteren verzog sich. Er sah beinahe aus, als wollte er weinen. Die farblosen Lippen zitterten.

„Siehst, Martl", murmelte er. „So ist's auf der Welt. Es trifft allweil die Falschen. Die Ausgekochten heimsen das Geld ein und die andern, die von der Not getrieben werden, die Straf." Die gelbliche Haut, die sich über seine eingefallenen Wangen spannte, bekam rote Flecken.

Der Jüngere, ein Mann von etwa fünfunddreißig Jahren, mit braunem Vollbart und blauen, gutmütigen Augen, nickte. „Mein ungutes Gefühl hat mir angezeigt, daß was passiert. Aber ich hab net drauf gehört", sagte er leise. „Jetzt ist das Schlamassel da."

„Aufstehen!" kommandierte der Zollbeamte Hallhuber.

Martl befolgte ohne Zögern den Befehl, doch Ignaz blieb sitzen und jammerte: „Ich kann net, Grenzer. Den Haxn hab ich mir verstaucht."

Auf Bennos Stirn bildete sich eine tiefe Falte. „Wenn du net laufen kannst, so humpelst du halt", kam es scharf aus seinem Mund.

„Aber jetzt wird aufgestanden, sonst helf ich nach."

Ignaz stützte sich auf der Rucksack und rappelte sich hoch. Als er den verletzten Fuß auf den Boden setzte, entrang sich ihm ein schwaches Stöhnen. „Es wird net gehen, Grenzer. Der Fuß schmerzt höllisch."

Hallhuber tat, als hätte er den Einwand nicht gehört. „Hängt euch die Rucksäcke um und dann vorwärts!"

Zu Martl gewandt, der seinen Schmuggelsack schon auf dem Rücken hatte, sagte der Beamte: „Wenn er nix tragen kann, wirst du eben für zwei schleppen. Los, pack an!"

Die gutmütigen Blauaugen des Vollbärtigen wurden hart und begannen verdächtig zu glitzern. „Nein!" stieß er zwischen den Zähnen hervor. „Der Ignaz bleibt da und sein Sack auch. Ich geh mit dir, wohin du willst, Grenzer. Aber den Ignaz laß in Ruh. Der kommt euch net aus."

„Das ist offener Widerstand", schrie Benno. „Treib es net zu weit, sonst mach ich von der Schußwaffe Gebrauch."

Martls Augen loderten. „Schieß, Zöllner!" sagte er ruhig und ging langsam auf den Uniformierten zu.

Dieser hob das Gewehr und jagte eine Kugel über den Kopf des Bärtigen hinweg. „Stehenbleiben!" brüllte er. Martl bewegte sich langsam weiter. Da drückte der Zollbeamte noch zweimal ab. Wieder fuhren die Geschosse, ohne Schaden anzurichten, durch die Luft. Der Gewehrlauf schwenkte weiter nach unten und zeigte auf Martls Brust.

„Ich bitt dich, Freund, bleib stehen", flehte Ignaz, „sonst schießt er dich über den Haufen."

Der Bärtige hielt an. Seine Brust hob und senkte sich erregt. Er schien das Unsinnige seines Handelns einzusehen. Doch auch der Beamte gab seine Hartnäckigkeit auf.

„Nenn mir deinen vollen Namen", forderte er den Verletzten auf.

„Ignaz Schlehmüller", sagte dieser. „Wohnhaft an der hinteren Leiten in Tobelbrunn." Mit einem Seufzer der Erleichterung ließ er sich zu Boden gleiten.

Benno Hallhuber und Martl Hierneis schritten über den Geißenpaß hinunter nach Tobelbrunn. Mehr als eine Stunde später stand der Beamte in vorbildlicher Haltung seinem Vorgesetzten gegenüber und erstattete Bericht. Er schloß mit den Worten: „Wenn Sie erlauben, Herr Inspektor, mach ich mich mit zwei Kameraden und einer Bahre sofort an den Aufstieg, um den zurückgelassenen Schmuggler abzuholen."

„Ich möchte Ihnen meine Anerkennung für Ihren mustergültigen Einsatz aussprechen", sagte der Zollamtsleiter. „Aber verraten Sie mir bitte, lieber Hallhuber, wo Ihr Kollege Wiesbeck geblieben ist."

Benno schluckte verlegen. Seinen Begleiter hatte er vor lauter Diensteifer ganz vergessen. Er klärte den Inspektor über die Umstände ihres getrennten Streifengangs auf und erwähnte zögernd, daß auch in der Fuchsenschlucht ein Schuß gefallen war.

Ruhland schaute sein Gegenüber entgeistert an. „Sie haben einen Schuß gehört und sind Ihrem Kollegen nicht sofort zu Hilfe geeilt?" fragte er fassungslos.

„Ich war auf dem Weg zur Nordwand, da entdeckte ich die Schmuggler Schlehmüller und Hierneis", verteidigte sich Benno eifrig. „Es war meine Pflicht, sie zu stellen."

Die Hände des Zollamtsleiters krampften sich um die Kante der Schreibtischplatte. „Es steht in keiner Dienstvorschrift, wie Sie sich in diesem speziellen Fall verhalten hätten sollen", sagte er schneidend. „Ihr Gefühl für Kameradschaft hätte Ihnen die Antwort darauf geben müssen." Ruhland sprang auf. „Kunz und Stingl sollen sich sofort fertig zum Aufstieg machen. Ich komme selbst mit."

Wenige Minuten später verließen Ruhland und drei Assistenten das Dienstgebäude. Aus dem Schatten trat eine schlanke Mädchengestalt und näherte sich schüchtern der uniformierten Gruppe. Der Zöllner Kunz zupfte Ruhland leicht am Ärmel und deutete auf die Aschblonde.

„Das ist die Seidl Hanna", raunte er ihm zu, „die Freundin von Wiesbeck."

Ungeduldig blieb der Inspektor stehen und sah dem Mädchen stirnrunzelnd entgegen. Hanna faßte sich ein Herz, machte einen schüchternen Knicks und stammelte: „Bloß fragen möcht ich, wie's dem Toni ..." Sie hüstelte. „Wie's dem Herrn Wiesbeck geht, weil er halt lang schon nix mehr hat hören lassen."

„Liebes Kind", sagte Ruhland, und aus seiner Stimme war die innere Unrast herauszuhören, die ihn befallen hatte, „im Moment sind wir selber ein bißchen in Sorge um den guten Wiesbeck. Er ist noch nicht von der Streife zurückgekehrt." Ein leichtes Lächeln flog über sein Gesicht, als er Hannas angstvolle Miene gewahrte. „Sicher ist alles in bester Ordnung, und er hat sich nur ein wenig verspätet. Wenn er wohlbehalten zurück ist, wird er von mir beauftragt, sich sofort bei Ihnen zu melden." Ruhland tippte mit den Fingern grüßend an den Mützenrand und eilte die Straße hinunter, gefolgt von den jungen Zollbeamten, von denen einer eine zusammenklappbare Trage mit sich führte.

Das Dämmerlicht in der engen Fuchsenschlucht wurde immer düsterer. Toni Wiesbeck klopfte seine Pfeife an dem Stein aus, auf dem er saß. Aus den Augenwinkeln betrachtete er den kleinen, gedrungenen Schmugglerführer, der vier Schritte von ihm entfernt hockte, das Gewehr über die Knie gelegt.

In den letzten Minuten war kein Wort mehr zwischen ihnen gefallen. Die Stille bedrückte und beunruhigte den jungen Zöllner. Nur um diesem lähmenden Schweigen ein Ende zu bereiten, fragte er: „Hat sie denn am Schmuggel auch verdient, die Schlößlwirtin?"

Der Kraushaarige hob den Kopf. „Kennst sie allweil noch net gut genug, Grenzer, obwohl du in ihrer Schlafkammer aus und ein gegangen bist", knurrte er. „So eine Frag! Von jedem Geschäft, das in ihrem Wirtshaus ausgehandelt worden ist, hat die zwanzig Prozent kassiert."

Über Minna wußte Toni nun genug. Aber er wußte auch, daß es für ihn kaum noch eine Rettung gab. Die Schüsse droben auf dem Paß verrieten ihm, daß Hallhuber anderes zu tun hatte, als sich nach seinem Verbleib umzusehen. Tonis Blick schweifte hinauf zu dem kleinen Stück Himmel, das sein Blickfeld umfaßte. Ein winziges Wölkchen hing wie verloren unter dem strahlenden Blau. Vielleicht war es das letzte, was er auf dieser Welt zu sehen bekam, außer den feuchten, modrigen Wänden der Kluft und dem verkümmerten Gestrüpp, das auf dem Felsboden vegetierte. Wie ein rasend abgespulter Film zog sein bisheriges Leben an seinem inneren Auge vorbei. Die ärmliche, aber doch glückliche Kinderzeit. Die erste, unerwiderte Liebe des Sechzehnjährigen zu einer Turnlehrerin. Sein Eintritt in den Zolldienst und die vielen schönen, oft sehr aufregenden Stunden im Einsatz an der Grenze. Er hatte sich immer für einen Burschen gehalten, dem Fortuna hold war. Die Möglichkeit, von einer Schmugglerkugel getroffen zu werden, hielt er für ausgeschlossen. Doch nun hatte sich die Glücksgöttin wohl von ihm abgewandt. Warum? Hatte er gefrevelt? Unrecht begangen? Minna Carletti fiel ihm ein. War es Sünde, sie zu lieben? Bis zu dieser Stunde hatte er nicht geahnt, wie tief sie in Schuld verstrickt war. Vor das verführerisch schöne Gesicht der Kneipenwirtin schob sich ein anderes, weniger hübsches. Er sah Augen, rehbraun und sanftmütig, aus denen Liebe leuchtete. Liebe zu ihm.

„Ich habe ihr kein Versprechen gegeben, der Hanna“, murmelte Toni. „Aber gelitten hat sie trotzdem. An ihr hab ich gesündigt.“

„Was faselst du da, Grenzer?" wollte der Wurzer Lenz wissen und hob fragend die Augenbrauen. „Mach gefälligst dein Maul auf, daß ich es auch versteh."

Der junge Zöllner schrak aus seinem Sinnen auf. Er wischte sich mit dem Handrücken über die Stirn, als wollte er schmerzende Gedanken verscheuchen. „Mit mir selber hab ich geredet. Das geht dich gar nix an", kam es rauh von seinen Lippen.

Er erhob sich und verschränkte die Arme vor der Brust. Lenz richtete sofort den Lauf auf ihn.

„Mach ein End, Lenz", sagte Toni. „So oder so." Herausfordernd fügte er hinzu: „Mir deucht, du bringst es gar net fertig. Ein Schwächling bist du. Ein erbärmlicher Feigling, der seinen Gegner bloß in den Rücken schießen kann. Wenn du ihm in die Augen schauen mußt, dann packt dich die Angst, die nackte Angst."

Die dunklen Augen des Schmugglers begannen zu flackern. Er bleckte die gelben Zähne. Der Zeigefinger am Abzug krümmte sich. „Ich tu's, Grenzer", keuchte er. „Noch ein Wörtl, und ich drück ab."

„Worauf wartest du noch, Wurzer?" rief Toni höhnend und verzweifelt zugleich. „Noch einmal sag ich's. Du traust dich net."

Die Mündung schwenkte nach unten. Ein

Schuß zerriß die Stille in der Kluft. Das Geschoß fuhr dicht vor Tonis Schuhspitzen in den an dieser Stelle sandigen Boden.

Staunend fixierte der Schmuggler sein Gegenüber. Verblüfft schüttelte er den Kopf. „Nerven hat er wie Kälberstricke, der Himmelhund. Net einmal gezuckt hat er."

„Du kannst mir keine Angst einjagen, Wurzer", stieß der Zöllner hervor. „Höchstens Abscheu."

Der Lenz preßte den Schaft des Gewehrs an die Wange, zielte kurz und drückte ab. Toni biß die Zähne zusammen. Er hatte mit dem Leben abgeschlossen. Doch kein Knall erfolgte, sondern ein lautes Knacken war zu hören. Lenz riß noch zweimal den Abzug durch.

Die sehnige Gestalt des jungen Zöllners reckte sich. Resignation und dumpfe Schicksalsergebenheit fielen von ihm ab wie welke Blütenblätter. Neue Hoffnung und Lebenslust pulsierten durch seinen Körper.

Lenz stieß einen wüsten Fluch aus und schleuderte die Waffe zur Seite. Seine Hand glitt in die Joppentasche. Doch bevor er sie herausziehen konnte, war Toni mit einem Riesensprung bei ihm. Der Aufprall riß Lenz von den Beinen. Die Männer wälzten sich im Sand. Der Kraushaarige bekam eine Hand frei. Ein Messer blitzte auf und sauste nieder.

Ehe die Spitze Tonis Brust berührte, fing dieser den Hieb auf, packte das Handgelenk des Schmugglers und drehte es mit verbissener Wut herum. Lenz stieß einen gellenden Schmerzensschrei aus und ließ das Messer fallen.

Doch der wieselflinke, kleinwüchsige Mann gab sich noch nicht geschlagen. Er rammte dem Zollbeamten den Ellbogen in den Magen und versuchte ihm zwei Finger in die Augenhöhlen zu stoßen. Durch eine rasche Kopfbewegung entging Toni diesem gemeinen Angriff. Seine Faust knallte in das dunkelhäutige Gesicht. Immer wieder. Das Gesicht begann unförmig anzuschwellen. Aber Wurzer kämpfte mit dem Mut der Verzweiflung. Seine Hand krallte sich um die Kehle des Zollbeamten. Als das mißlang, versuchte er es mit Kratzen und Beißen. Weit holte Toni aus. Ein wuchtiger Hieb donnerte an die Schläfe des Schmugglers. Da streckte dieser die Glieder und blieb regungslos liegen.

Schwerfällig erhob sich Toni. Der Atem entwich pfeifend seiner Kehle. Er bückte sich nach dem Messer und steckte es in die Tasche. Sein Gewehr lag mit verbogenem Lauf neben einem Felsbrocken. Toni fühlte sich zum Umfallen müde, doch eine wilde Freude hatte ihn gepackt. Am liebsten hätte er ein triumphierendes Jubelgeschrei ausgestoßen. Letzten Endes war doch er Sieger geblieben. Sieger über einen erbarmungslosen, mordlustigen Feind.

Er zog sein Taschentuch hervor, um sich das schweißnasse Gesicht abzuwischen, da sprang der Wurzer Lenz, wie von einer Stahlfeder abgeschnellt, in die Höhe und begann zu laufen. Toni starrte ihm den Bruchteil einer Sekunde verdutzt nach, dann machte er sich an die Verfolgung. Er zweifelte keinen Moment daran, daß er den kurzbeinigen Schmuggler bald eingeholt haben würde. Doch dieser rannte wie ein aufgescheuchtes Reh auf die Nordwand zu.

Wurzer begann zu klettern und hatte die erste Felsterrasse erreicht, als der Zöllner unten an der Nordwand anlangte. Doch nun zeigte sich, daß dieser der geübtere Bergsteiger war. Affenartig hangelte sich Toni nach oben, nützte geschickt jeden Riß und jeden Felsvorsprung aus. In der Mitte der Wand hatte er den Flüchtigen eingeholt. Seine Hände packten Wurzers Knöchel.

„Gib auf, Lenz“, keuchte er. „Du hast verspielt.“

Der Schmuggler hielt einen Stein in der Faust und warf ihn mit Wucht nach dem Zollbeamten. Der Stein streifte dessen Schulter. Toni spürte einen stechenden Schmerz, doch seine Hände ließen nicht los. Lenz strampelte mit beiden Beinen, um ihn abzuschütteln.

„Es ist aus, Lenz. Du entkommst mir nimmer."

Der Felszacken, an dem Wurzer mit beiden Händen hing, brach aus der Wand. Der Körper des Schmugglers kippte nach unten, dicht an Toni vorbei. Dieser ließ sein Bein los, um nicht mit in die Tiefe gerissen zu werden. Der Körper schlug ein paarmal an der schrägen Wand auf, bis er schließlich zwanzig Meter tiefer auf dem terrassenförmigen Felsplateau liegen blieb.

Toni gellte noch der Schrei des Schmugglers in den Ohren, als er sich eilig an den Abstieg machte. Eine Minute später stand er neben dem Schmugglerführer, dessen glasige Augen hinauf zum Himmel starrten.

Toni fuhr sich mit gespreizten Fingern durch die braunen Haare. „So also hat er enden müssen, der berühmte, berüchtigte Wurzer Lenz", murmelte er. Über seiner Nasenwurzel bildete sich eine tiefe Falte. „Und allweil wieder fordert die Grenze Menschenleben. So ein Elend."

Er stieg in düstere Gedanken versunken hinauf zum Geißenpaß und wanderte auf dem Steig entlang, bis ihm Inspektor Ruhland und seine drei Assistenten entgegenkamen. Ruhland schloß ihn schweigend in die Arme und klopfte ihm kräftig auf den Rükken.

„Ist alles in Ordnung, Wiesbeck?" fragte er.

„Mit mir schon, Herr Inspektor", gab Toni Auskunft. „Sind Sie meinetwegen unterwegs?"

„In erster Linie. Aber wir müssen noch einen Grenzsünder abholen, der sich den Fuß verknackst hat."

„Unten an der Nordwand liegt einer, dem keiner mehr helfen kann." Toni sah den Vorgesetzten fest an. „Es ist der Wurzer Lenz."

Ruhland verschlug es für eine Weile die Sprache. Danach bestürmte er den Zöllner, seine Erlebnisse zu schildern. Toni kam der Aufforderung erst zögernd, dann immer lebhafter nach. Ruhland und seine Begleiter hörten mit offenen Mündern zu. Als Toni geendet hatte, schaute der Dienststellenleiter Benno Hallhuber an, der rot anlief und den Kopf senkte.

„Wenn unser Wiesbeck net ein ausgesprochener Glückspilz und tüchtig obendrein wär, läg er jetzt in der Fuchsenschlucht. Denn keiner hätt ihm geholfen." Er wandte sich wieder an Toni. „Wir kümmern uns um den Ignaz Schlehmüller und schaffen auch den Wurzer nach Tobelbrunn. Sie, Wiesbeck, machen sich gleich auf den Weg ins Dorf." Ruhland lächelte. „Dort sorgt sich jemand sehr um Sie."

„Wohl die Hanna", sagte Toni leise. „Aber zuvor hab ich noch einen anderen Gang zu machen." Er verabschiedete sich von dem Inspektor und dessen Begleitern.

Der Sonnenball schob sich schon nahe an die westlichen Höhenzüge heran und überzog sie mit feuerrotem Schein, als Toni vor dem Bärenschlößl stand. Durch die offenen Fenster der Gaststube hörte er Stimmen. Die ersten Gäste waren also schon eingetroffen. Er überlegte einen Herzschlag lang, dann betrat der entschlossen die Kneipe.

Die rothaarige Wirtin kam mit wiegenden Hüften um den Schanktisch herum. Zwischen ihren vollen, sinnlichen Lippen schimmerten zwei makellose Zahnreihen.

„Da bist du ja endlich, Herzbub", sagte sie mit dunkler Stimme. „Hast mich arg lang warten lassen, obwohl du weißt, wie mich die Sehnsucht plagt." Sie zog einen Schmollmund. „Hab ich das verdient?"

Toni spürte, wie sein Herz schneller klopfte. Ihre Nähe erregte seine Sinne. So war es immer gewesen. Es drängte ihn, sie an sich zu reißen und dieses dämonisch schöne Gesicht mit Küssen zu bedecken. Seine ganze Beherrschung zusammenraffend, sagte er:

„Umständehalber hat sich heut mein Dienst länger hingezogen."

„Der verflixte Dienst", protestierte die Frau. „Warum hängst du ihn net an den Nagel und gehst mit mir irgendwohin, wo's keine Grenze gibt und keine Grenzer." Sie lächelte schelmisch. „Net jeder tät sich so lang bitten lassen."

„Gehen wir auf deine Kammer, Minna", sagte Toni. „Ich möcht mich mit dir ungestört unterhalten."

Die Rothaarige blinzelte ihn verschmitzt an. „Hast es eilig heut?" Sie rief die fette Rosa herbei und trug ihr auf, sich um die Gäste und den Schankbetrieb zu kümmern. Ungeniert hing sie sich bei Toni ein und verließ mit ihm zusammen die Gaststube. Sie stiegen hinauf zu ihrer Kammer. Dort angelangt, legte sie die Arme um seinen Hals und preßte ihre Lippen auf seinen Mund. Toni drehte das Gesicht zur Seite. Ernüchtert ließ sie von ihm ab und trat einen Schritt zurück.

„Was ist los, Liebster?" fragte sie mit verschleierter Stimme.

Der junge Zöllner drückte sie auf einen Schemel. Mit ernsten Augen sah er zu ihr hinunter.

„Du bist heut ganz verändert, Toni. Warum schaust du mich so gspaßig an?"

„Ich bin heut in die Fuchsenschlucht hinabgestiegen“, sagte er heiser. „Dort hat es ein seltsames Zusammentreffen gegeben.“

Gelangweilt holte die Wirtin ein Stück Schokolade aus der Schürzentasche und biß hinein. „Ein Zusammentreffen? Mit wem denn?“ rief sie wenig interessiert. „Am End gar mit dem Kasermanndl?“

„Mit dem Wurzer Lenz.“

Das Schokoladenstück entfiel ihrer Hand. Die dunklen Augen waren riesengroß. „Der ... der ...“ Die Stimme versagte ihr den Dienst. Ihre Hand krallte sich in das Mieder. „Aber der Lenz ist doch längst über die Grenz gegangen. Der kann sich doch herüben nimmer blicken lassen.“

Toni zerdrückte den Rest der Zigarette im Aschenbecher. „Er wird schon drüben auch gewesen sein. Aber wenn mich net alles täuscht, hat er in der Fuchsenschlucht einen Schlupfwinkel gehabt. Morgen werd ich die Kluft noch einmal gründlich absuchen.“

Minna haschte nach seinem Arm und drückte ihn. „Was für ein Glück, daß du noch lebst, Herzbub“, flüsterte sie. „Er hat dir und mir den Tod geschworen, ist mir zugetragen worden.“

„Du hast nix mehr zu befürchten, Minna“, sagte Toni und räusperte sich. „Der Wurzer Lenz ist tot.“

„Tot?" hauchte sie. Gleich darauf atmete sie hörbar auf. Ihr Gesicht entspannte sich. „Mir fällt ein Felsbrocken vom Herzen. Jetzt kann ich wieder ruhig schlafen. Alles wird gut. Alles. Alles."

Der Zollassistent befreite seinen Arm aus ihrem Griff. „Bevor ihn sein Schicksal ereilt hat, da hat er noch geredet. Über dich. Und auch über den Tonio Carletti, deinen Mann."

Die Sonne war längst untergegangen und das Tageslicht im Begriff, der Dämmerung zu weichen. Trotzdem sah Toni, wie Minnas bronzefarbenes Gesicht um einen Schein bleicher wurde. Ihre pralle Brust hob und senkte sich erregt. „Was kann er über den Tino schon geredet haben", kam es tonlos von ihren Lippen. „Mein Mann ist eines Tages über die Grenz gegangen und nimmer zurückgekehrt."

Toni griff ihr unters Kinn und hob ihr Gesicht zu sich empor. „Der Wurzer Lenz hat gewußt, wo der Carletti geblieben ist", sagte er schroff. „Und du weißt es auch, Minna."

„Nix weiß ich", leugnete sie trotzig. „Willst einem elendigen Strolch wie dem Lenz mehr glauben als mir?"

„Ja, Minna." Der junge Mann nickte bedächtig. „Der Wurzer war felsenfest davon überzeugt, daß ich den Tag net überleb. Er hat also keinen Grund gehabt, mich anzulügen." In seinem Blick war Trauer und Verachtung. „Mir ist jetzt klar, wen ich vor mir hab."

Die Rothaarige warf sich an seine Brust und umklammerte ihn. „Du tust mir unrecht, Herzbub", schluchzte sie. „Der Lenz hat mich schlechtmachen wollen in deinen Augen. Wirst doch net vergessen, wie lieb wir uns gehabt haben, die ganze Zeit. Wir gehören zusammen. Alles geb ich auf für dich, was mir bisher was bedeutet hat. Wenn du bloß bei mir bleibst."

Toni wollte sich von ihr lösen, doch Minna hing an ihm wie eine Klette. Da packte er hart zu und riß sich los. „Deine Lieb tät dauern bis zu jenem Tag, an dem du meiner überdrüssig wirst", sagte er bitter. „So ist's dem Tino ergangen und auch dem Wurzer Lenz. Vielleicht müßt ich dann gar ins Gras beißen wie dein Mann."

„Scher dich zum Teufel, hirnverbrannter Narr!" schrie die Wirtin mit sich überschlagender Stimme. „Bist halt doch bloß ein dummer Grenzer, der nix im Hirnkastl hat als seine Dienstvorschrift. Verschwind, ich will dich nimmer sehen!" Sie drehte ihm den Rücken zu.

Toni Wiesbeck ging langsam zur Tür. Dort legte er die Hand auf die Klinke und sagte über die Schulter zurück. „Der Wurzer hat mit dem Leben für das gebüßt, was er getan hat. Aber du wirst weiter frei herumlaufen, obwohl du hinter Schloß und Riegel gehörst."

Die Rothaarige lachte hysterisch auf. Sie stemmte die Hände in die wohlgeformten Hüften und wippte aufreizend hin und her. „Führ mich doch hinunter zu den Gendarmen, Grenzer", rief sie spottend. „Auslachen werden sie dich. Keinen Zeugen hast und keinen Beweis. Blamieren wirst du dich, Wichtigtuer." Wieder ließ sie ein schrilles Lachen hören.

Der Zöllner riß die Tür auf und schlug sie hinter seinem Rücken zu. Bis ins Innerste aufgewühlt hastete er die Stiege hinunter und eilte aus dem Haus.

Langsam wanderte Toni durch die sternenklare Nacht die Felsenstraße hinunter. Die Wogen des Aufruhrs in seiner Brust glätteten sich allmählich. Die kühle Vernunft gewann die Oberhand. Das also war das Ende einer Liebe. War es überhaupt Liebe gewesen? Hatte ihn nicht nur das hitzige Blut in die Arme der schönen Rothaarigen getrieben?

Als er das Dorf erreichte, fielen ihm die Worte des Inspektors ein. Hanna sorgte sich um ihn. Hanna! Dieses herzensgute Geschöpf. „Heut bin ich nimmer in der Lage, ihr unter die Augen zu treten", murmelte er. „Morgen ist auch noch ein Tag." Er bog um die Ecke der Dorfgasse, die zum Zollamt führte, und prallte mit einer schlanken Mädchengestalt zusammen. Toni stammelte eine Entschuldigung und wollte weitereilen. Da blieb er wie angewurzelt stehen. Sein Mund klappte auf.

„Grüß dich, Toni", sagte die Bauerntochter Hanna Seidl schlicht. „Da bist ja wieder. Und wie ich seh, gesund und munter. Gott sei Dank."

Der junge Zollbeamte spürte einen Kloß im Hals, der immer größer wurde, und würgte daran herum. Er nahm die dargebotene Hand und drückte sie so fest, daß das Mädchen beinahe einen Schrei ausgestoßen hätte. Verstohlen rieb sie die schmerzenden Finger und strahlte ihn an.

„Hat's dir die Stimm verschlagen, Toni?"

Er nickte lebhaft. „Ein wenig schon, Dirndl", kam es schließlich heiser aus seinem Mund. „Plötzlich stehst du vor mir. Darauf war ich nicht gefaßt. Aber freuen tut's mich schon."

„Wirklich?" Die Frage klang zweifelnd.

„Darfst mir's glauben, Dirndl", versicherte er treuherzig. „Hast ein Stünderl Zeit für mich? Ich mein halt, wir zwei hätten ein bisserl was zu schwatzen." Er wartete ihre Zustimmung nicht ab, sondern legte den Arm um ihre Schultern und zog sie mit sich.

Sie schlenderten nebeneinander auf den Dorfrand zu, gingen über zerfurchte Feldwege zwischen den im Nachtwind wogenden Ähren, lauschten dem Grillengezirpe und dem Schrei des Uhus, der auf nächtlichem Raubzug war. Sie fühlten gegenseitig ihre Nähe, und diese Nähe beglückte sie. Auch ohne viele Worte.

„Ist deine Mutter wieder wohlauf, Madl?" erkundigte sieh Toni.

„Es geht ihr besser", erklärte Hanna. „Aber richtig gesund wird sie wohl nimmer. Den Tod des Vaters kann sie net verwinden."

Wieder war eine Weile Schweigen zwischen ihnen. Jeder hing seinen Gedanken nach. Ganz unvermittelt begann der junge Zöllner zu erzählen. Er schilderte, wie es zwischen ihm und der Bärenwirtin angefangen hatte. Dabei verschwieg er nichts und machte auch nicht den Versuch, irgend etwas zu beschönigen. Offen gestand er, daß ihn die dämonische Schönheit Minnas in ihren Bann gezogen hatte.

„Ich war ihr verfallen", gestand er.

„Du warst es?" fragte Hanna leise, die ihm bisher wortlos zugehört hatte. „Bist es denn nimmer?"

„Nein, Dirndl", antwortete Toni. „Was ich

für die große Lieb gehalten hab, war bloß ein Strohfeuer. Aber das weiß ich erst seit heut."

„Vielleicht ist sie jetzt recht unglücklich", sagte das Mädchen bedrückt.

Toni lächelte. Aus diesen Worten sprach Hannas gutes Herz. Der Gedanke, daß ein Mensch litt, stimmte sie traurig. „Sie überwindet's, die Wirtin vom Bärenschlößl", erwiderte er sarkastisch. „Die hat in ihrem Leben schon mehr überwunden."

Das junge Paar langte bei dem kleinen Hölzchen an, hinter dem der Steig, der zur Pointneralm hinaufführte, seinen Anfang nahm. Neben dem Hölzchen entsprang eine Quelle dem felsigen Boden, und dahinter stand eine Birkenholzbank. Hanna und Toni setzten sich darauf.

„Die vergangenen Wochen waren net leicht für mich, Toni", flüsterte Hanna. „Allweil hab ich denken müssen, daß du grad bei einer andern bist." Sie klopfte mit der Hand an ihre Brust. „Das hat da drinnen sakrisch geschmerzt."

Der Zöllner zog sie an sich. Ihr Kopf lag an seiner Schulter. „Und mich hat das schlechte Gewissen net losgelassen, Madl", gab er zu. „Wenn mir bloß dein Name eingefallen ist, hab ich mich vor mir selber geschämt."

„Sie ist viel schöner als ich", kam es kaum hörbar von ihren Lippen.

Toni beugte sich zu Hanna hinunter. „Das kommt darauf an, mit welchen Augen man dich anschaut, liebes Dirndl", raunte er ihr ins Ohr. „Ich glaub, ich hab jetzt die richtigen Augen."

„Nie hab ich über die Lieb geredet, Toni. Aber du wirst wissen, wie's um mich steht. Ich ..."

Weiter kam sie nicht. Toni verschloß ihr mit einem innigen Kuß den Mund. Dieser Kuß wollte kein Ende nehmen. Der Wind frischte wieder auf, fuhr raschelnd durch die Birkenäste, und der Mond versteckte sich hinter einer Wolke. Die beiden jungen Menschen merkten es nicht. Sie küßten sich.

Atemlos löste Hanna sich aus seinen Armen. Mit ein paar geschickten Griffen ordnete sie die verrutschte aufgesteckte Haarkrone. Dabei leuchtete das Glück aus ihren Augen. Selig drückte sie ihre Hand auf seine Lippen und dann an die ihren. Ihr Herz war voll. Sie wollte jauchzen, jubeln, singen. Tausend zärtliche Worte lagen auf ihrer Zunge. Doch sie lächelte nur still.

Stunde um Stunde verrann. Die beiden jungen Menschen saßen auf der Bank hinter der murmelnden Quelle und hielten sich stumm an den Händen. Toni hatte das Bärenschlößl und die Fuchsenschlucht vergessen. Hanna dachte nicht mehr an die kränkelnde

Mutter und den störrischen, unzugänglichen Bruder.

Mitternacht war längst vorüber, als Hanna sagte: „Es wird Zeit für mich, Toni. Die Mutter könnt sich um mich ängstigen."

Eng aneinandergeschmiegt traten sie den Heimweg an. Immer wieder blieben sie stehen, lachten sich an und küßten sich. Es dauerte lange, bis sie den Hof erreichten, und es kam doch zu früh. Leicht fuhr das Mädchen dem jungen Mann mit der Hand über die braunen Haare.

„Wie viele Stunden wird's dauern, bis wir uns wiedersehn, Toni?"

„Zu viele, mein Dirndl. Aber zum Glück bleibt die Zeit net stehn. Ein bisserl Geduld, und du bist wieder bei mir."

Beide fielen sich noch einmal in die Arme und fuhren erschrocken auseinander, als die Tür des Wohnhauses aufgerissen wurde. Der Seidl Krispin stand mit verschränkten Armen auf der Schwelle. Langsam kam er näher. Mit dem Daumen deutete er auf Toni.

„Ist dir noch net zu Ohren gekommen, Hanna, daß der da mit der roten Minna verbandelt ist?" wollte er wissen. Dabei sah er den Zöllner nicht an.

Die glatte Stirn der Schwester kräuselte sich. „Behalt deine Weisheiten für dich, Krispin", sagte sie mit ungewohnter Schärfe. „Zwischen dem Toni und mir gibt's kein Geheimnis."

Der Bursche stieß einen leisen Pfiff aus. „Da schau her", wunderte er sich. „Meine kreuzbrave Schwester findet sich mit einer Nebenbuhlerin ab. Bist mit der Hälfte von dem Grenzschnüffler zufrieden?"

„Zwischen dem Toni und der Schlößlwirtin ist es aus."

„Gestern ist er ihr noch nachgeschlichen." Mit einem Ruck wandte er sich dem Zöllner zu. „Wenn du meine Schwester ins Unglück stürzt, hast du mich auf dem Hals, Grenzer." Bevor Toni antworten konnte, war der Jungbauer ins Haus geeilt.

„Warum haßt er mich so?" fragte Toni kopfschüttelnd.

Hanna hob ratlos die Arme und ließ sie wieder fallen. „Das wüßt ich selber gern. Ich kann mir's net erklären." Sie umfaßte mit beiden Händen sein Gesicht. „Aber meine Lieb ist noch größer als sein Haß."

Ein letzter Kuß besiegelte diese Worte. Dann gingen sie auseinander. Auf dem Heimweg summte Toni eine alte, zärtliche Melodie aus seinen Kindertagen.

★

Der Sommer neigte sich seinem Ende zu, der Herbst stand vor der Tür. Das Laub an den

Bäumen begann sich goldgelb zu färben. Die Abende wurden kühler. Das konnte die beiden Liebenden nicht davon abhalten, in Tonis dienstfreien Stunden lange Spaziergänge zu unternehmen. Es war ein stilles Glück, das in ihren Herzen wohnte. Ohne wilde Leidenschaften und Begierden. Aber Toni fühlte: Das ist die Liebe. Die rothaarige Wirtin des Bärenschlößls, Minna Carletti, hatte er seit jener abendlichen Auseinandersetzung in ihrer Kammer nicht mehr gesehen. Sie hätte sich schon mit einem neuen Liebhaber getröstet, hörte man im Dorf. Doch niemand wußte, wer er war und wie er hieß. Keiner der Dörfler hatte ihn gesehen.

Im Zollamt herrschten Unruhe und Besorgnis. Man wußte, der Schmuggel blühte weiter, aber seit Wochen wurde keiner der Grenzgänger mehr auf frischer Tat ertappt. Es war wie verhext. Dort, wo sich Streifentrupps der Zöllner postierten, ließ sich keine Menschenseele blicken. Die Schmuggler kamen auf anderen Pfaden durch. Inspektor Ruhlands Beamte waren Tag und Nacht im Einsatz, wechselten laufend die Routen und Positionen, doch die Schmuggler schienen zu riechen, wo sie auf der Lauer lagen.

In den Reihen der Zöllner wurden Stimmen laut, die von Verrat sprachen. Man konnte sich nicht vorstellen, daß die Gesetzesbrecher ohne Einblick in den Dienstplan, ohne Kenntnis der täglichen Einsatzbesprechungen, in der Lage waren, durch die wenigen Löcher des Netzes zu schlüpfen, das die Zollbeamten ausgelegt hatten. Das Mißtrauen in der Mannschaft ging um. Darunter litt die vorher so prachtvolle Kameradschaft.

Bekümmert ließ Ruhland Toni Wiesbeck in sein Arbeitszimmer rufen. Er bot dem Zollassistenten Platz an und lehnte sich mit sorgengefurchter Stirn in seinem Schreibtischsessel zurück. „Ihnen ist sicher nicht entgangen, daß sich unter unseren Leuten eine Stimmung breitmacht, die mich sehr beunruhigt", sagte er. „Können Sie sich vorstellen, daß einer der Unsrigen so gewissenlos ist, den Zuträger für die andere Seite zu spielen?"

Toni schüttelte heftig den Kopf. „Nein", antwortete er mit fester Stimme. „Dazu gibt sich keiner her, den ich kenn." Er lächelte leicht. „Ein Glück, daß meine Freundschaft mit der Schlößlwirtin ein End hat. Sonst tät jeder glauben, der Toni Wiesbeck muß es sein."

Der Zollmeister winkte ab. „Unsinn. Der Mann, der den Wurzer Lenz ausgeschaltet hat, steht außerhalb jeden Zweifels." Ruhland nahm die Schatulle auf seinem Schreibtisch und ließ den Assistenten hineingreifen.

Die beiden Männer steckten ihre Zigaretten in Brand und bliesen die Rauchwölkchen nachdenklich zur Zimmerdecke hinauf. „Haben Sie eine Erklärung dafür, Wiesbeck, warum sich Ihr Kollege Justin Stelzer weigert, mit Ihnen auf Streife zu gehen? Früher hat er doch mit Vorliebe an Ihrer Seite seinen Dienst verrichtet."

„Ich müßt ein Seelendoktor sein, um das zu begreifen", brummte Toni mißmutig. „Seit seiner Verwundung ist er nimmer der alte, der Justin." Toni zerdrückte den Stummel im Aschbecher und schaute den Vorgesetzten fest an. „Anders ist er geworden, der Stelzer, aber net ehrlos, Herr Inspektor. Wer ihm etwas Schlechtes nachsagt, kriegt's mit mir zu tun."

Ruhland schmunzelte. „Schon gut, schon gut", beschwichtigte er den leicht erregten Untergebenen. „Wahrscheinlich löst sich die ganze Mißstimmung in unserer Mannschaft schon bald in Wohlgefallen auf. Sobald ein Schmugglertrupp abgefangen worden ist, spricht keiner mehr von Verrat."

„Höchste Zeit wird's, daß wieder Friede einkehrt ins Zollamt", sagte Toni, stand auf und verließ den Raum.

Eine Stunde später stieg er mit dem Kollegen Andreas Kunz über den Geißenpaß hinauf zu den felsigen Höhen des Hirtenjochs.

Mit ihren Ferngläsern suchten die beiden Beamten das Gelände ab, doch kein verdächtiges Anzeichen war zu erkennen. In einer Felsnische, von der aus man den Paß gut überblicken konnte, setzten sie sich auf den Boden und lehnten die Schußwaffen griffbereit an die Steinwand.

Andreas Kunz, ein schmächtiger, fünfundzwanzigjähriger Bursche mit rotblonden Ringellocken und unzähligen Sommersprossen auf der Nase, kaute an seinem Daumennagel. „Eigentlich könnten wir genausogut drunten im Amt einen Tarock klopfen", stieß er mürrisch hervor, „denn zu fassen kriegen wir ja doch keinen von den Kerlen. Die wissen schon längst, daß wir da hocken und den Geißenpaß anglotzen."

„Nix wissen sie", behauptete Toni. „Es ist ein unglücklicher Zufall, daß wir seit acht Wochen keinen mehr erwischt haben. Man darf halt die Geduld net verlieren."

„Wer da noch an Zufälle glaubt, der hat ein kindliches Gemüt", spottete der Sommersprossige. Er kaute weiter an seinem Daumen. „Wenn ich so drüber nachdenk, fällt mir allweil bloß ein Name ein", murmelte er wie im Selbstgespräch.

„Welcher Name?" fragte Toni.

„Stelzer Justin", sagte der junge Mann mit den Ringellocken. „Dem hängt das schlechte

Gewissen zu den Ohren heraus. Nimmer in die Augen schauen kann einem das lang aufgeschossene Bürschl."

„Damisches Geschwafel!" fuhr ihn Toni wütend an. „Der Justin hat's mit den Nerven, seit ihn das Kügerl getroffen hat. Eigentlich müßt man ihn versetzen. Irgendwohin, wo nimmer geschossen wird. Aber der Inspektor hofft halt, daß der Justin seinen Schock überwindet."

Andreas Kunz machte ein zweifelndes Gesicht, zog es aber vor, die Bemerkung, die ihm auf der Zunge lag, zu unterdrücken. Plötzlich zerrte Tonis Hand an seinem Ärmel. Andreas hob den Kopf. Sein Blick folgte Tonis ausgestrecktem Arm. Er sah, daß sich etwa fünfhundert Meter höher an der Biegung des Passes etwas bewegte. Er hob den Feldstecher an die Augen und erkannte einen Mann, der einen riesigen Sack auf dem Rükken trug. Feixend stieß er den Kollegen mit dem Ellbogen in die Seite.

„Mir scheint, die ganze Aufregung war für die Katz", sagte er und griff zu seinem Gewehr. „Du hast recht, Toni, Geduld muß man haben."

Der Mann mit dem prallgefüllten Sack kam näher und näher. Obwohl er den zerknitterten Filzhut weit in die Stirn gezogen hatte, war unschwer zu erkennen, daß er nicht mehr zu den Jüngeren gehörte. Als er nur noch zwanzig Schritte entfernt war, sprangen die beiden Zollbeamten aus der Felsnische. Der Mann stieß einen schrillen Schrei aus und streckte ohne Aufforderung die Arme hoch.

„Mar und Josef, die Grenzer!" stammelte er. „Ihr habt mich schön erschreckt, Leutl."

Die Zöllner gingen auf ihn zu. „Daß du dich net über unser Auftauchen freust, kann ich mir denken", sagte Toni und schob ihm den Hut aus der Stirn. Das vergilbte, runzelige Gesicht des weit und breit bekannten Scherenschleifers Balthasar Pfenninger kam zum Vorschein.

„Jetzt stößt mich aber die Geiß", rief Andreas und konnte sich das Grinsen nicht verkneifen. „Sogar der alte Scherenschleifer geht auf die Schmuggeltour."

„Alter schützt vor Torheit net", sagte Toni. „Die Straf wird net hoch ausfallen, Balthasar, weil du ja zum ersten Mal erwischt worden bist."

Die winzigen Äuglein des dürren Männchens blitzten listig auf. „Darf ein ehrlicher Scherenschleifer denn net über den Paß gehen?" erkundigte er sich mit seiner lächerlichen hohen Stimme. „Ist das neuerdings verboten?"

„Freilich net, Balthasar", sagte Toni gutmütig. „Aber du darfst keine unverzollten Waren über die Grenze tragen. Das ist dir doch hoffentlich klar."

„Gütiger Himmel", jammerte der Greis. „Da hab ich mir ein feines Süpperl eingebrockt. Jetzt muß ich auf meine alten Tag gar noch hinter Gitter. So eine Schand! So ein Elend!" Er streifte die beiden Stricke, die an dem Sach befestigt waren, von den Schultern. Der Sack fiel zu Boden.

„Was hast denn für Waren im Sack, Scherenschleifer?" wollte Andreas wissen.

„Schaut selber nach", sagte der Dürre mit weinerlicher Stimme. Er hielt die knochige Hand vor die Augen. Seine Schultern zuckten.

„Nix wird so heiß gegessen, wie's gekocht wird", tröstete Toni. Gemächlich löste er die Verschnürung des Sackes und griff hinein. Verblüfft holte er ein Bündel Latschenzweige hervor. Kopfschüttelnd steckte er seine Hand wieder in den großen Leinensack. Mehrere Moospolster tauchten auf. Mit schmalen Augen holte er den letzten Inhalt heraus. Es handelte sich um einen kinderkopfgroßen, rundlichen Gegenstand, der in Zeitungspapier gehüllt war. Toni schlug das Papier auseinander und starrte den Steinbrocken an, auf den mit roter Farbe das Wort „ZOLLFREI" geschrieben stand.

Der alte Scherenschleifer nahm die Hand von den Augen und brach in schallendes Gelächter aus. Er schlug sich auf die dünnen Schenkel und tanzte auf einem Bein herum wie ein Verrückter. Die Freude über den Schabernack, den er den Zöllnern gespielt hatte, war riesengroß.

„Ihr dalkerten Grenzschnüffler", gluckste er und lief vor Atemnot rot an. „Das könnt ihr eurem Chef zeigen. Vielleicht steckt er euch einen Orden an."

„Wieviel haben dir die Mistkerle dafür bezahlt?" knurrte Toni und maß den Alten mit finsteren Blicken.

Der Scherenschleifer beruhigte sich langsam. Er wischte sich die Tränen von den faltigen Wangen und grinste den Fragenden an. „Warum soll ich's verschweigen?" kicherte er. „Vier Wochen lang darf ich essen und trinken, soviel ich mag."

„Wo darfst du essen und trinken?"

„Im Bärenschlößl selbstverständlich." Die Zunge fuhr über die blutleeren Lippen wie in Erwartung der in Aussicht gestellten Genüsse.

„Im Bärenschlößl!" Toni nickte. Seine Augen waren nur noch Sehschlitze. Dann fuhr er den Alten an: „Scher dich zum Teufel, alter Esel!"

Der Dürre machte eine kleine Verbeugung

und entfernte sich langsam. Nach einer Weile blieb er stehen und winkte zurück. Schließlich entschwand er den Blicken der Zollbeamten.

„Jetzt gibt's wohl keinen Zweifel mehr, daß die Bande über alles unterrichtet ist, was wir unternehmen", stellte Andreas Kunz mit heiserer Stimme fest. „Sie haben den Scherenschleifer losgeschickt, weil sie gewußt haben, daß wir heut um diese Zeit den Geißenpaß kontrollieren. Ich darf gar net daran denken, wie die sich über uns lustig machen."

Toni biß die Zähne zusammen, daß sie knirschten. „Wer ist dieser verräterische Lumpenhund, der ihnen unsern Dienstplan ins Ohr flüstert?" brach es in höchster Erregung aus ihm heraus. „Wenn der mir in die Finger kommt ..." Es blieb unausgesprochen, was dem Verräter blühen würde. Doch Andreas konnte es sich denken.

Am Abend erstattete Toni dem Inspektor Bericht über diesen Zwischenfall, dann zog er sich eilig um und ging zu Hanna. Er sehnte sich nach ihr und wollte auf andere Gedanken kommen, wollte für ein paar Stunden die unbändige Wut verdrängen, die in ihm wühlte.

Hand in Hand wanderte das junge Paar über die Feldwege zu ihrem Lieblingsplätzchen an der Quelle. Zum Glück hatten sich die dräuenden Unwetterwolken nach Süden verzogen und luden dort ihre nasse Last ab. Auch der Wind war abgeflaut. Toni legte den Arm um Hannas Schultern und zog die schlanke Mädchengestalt an sich. Er spürte, wie sie zitterte.

„Frierst du, Dirndl?“ fragte er verwundert. „Ich leg dir meine Joppe um.“

„Nein, nein, Toni“, wehrte Hanna ab. „Mir ist überhaupt net kalt.“

„Du bist heut anders als sonst, Madl“, stellte der junge Mann besorgt fest. „Eine Unruh steckt in dir. Willst mir net verraten, woher sie kommt?“

Die aschblonde Bauerntochter vergrub ihr Gesicht an seiner Brust und begann leise zu schluchzen. „Ich weiß mir keinen Rat mehr“, brach es aus ihr heraus. „Ich möcht mit dir darüber reden und kann net.“

Toni hob ihren Kopf zu sich empor und lächelte in das tränennasse Gesicht hinein. „Darf es zwischen zwei Menschen, die sich ehrlich liebhaben, ein Geheimnis geben, Herzblatt?“ flüsterte er und streichelte behutsam über die Haarkrone. „Es dreht sich um den Krispin, gelt?“

Hanna zuckte zusammen und wich dem Blick des Zöllners aus. „Ich darf doch den eigenen Bruder net ans Messer liefern“, stieß sie hervor, und dicke Tränen quollen wieder aus ihren Augen.

„Vielleicht bewahrst du ihn vor einer großen Dummheit, wenn du mir nix verschweigst, Dirndl", sagte Toni eindringlich. „Aber ich kann dich net zwingen."

Erst stockend, dann immer flüssiger begann Hanna zu erzählen. Ein Mann war am Nachmittag auf den Hof gekommen. Krispin mußte ihn erwartet haben, denn er führte ihn sofort ins Haus und verschwand mit ihm in seiner Kammer. Hanna hatte den Mann nie zuvor gesehen.

„Beschreib ihn mir", unterbrach sie der Zöllner.

Hanna strengte sich an, der Aufforderung so genau wie möglich nachzukommen. Als sie damit fertig war, nickte Toni grimmig. „Das ist jener Martin, mit dem ich droben im Bärenschlößl die Fäuste geschwungen hab. Wenn mich net alles täuscht, spielt der jetzt die Rolle des Lenz Wurzer."

Die junge Bauerntochter fuhr in ihrer Erzählung fort. Nie in ihrem Leben hatte sie ein Gespräch belauscht, das nicht für ihre Ohren bestimmt war. Doch das unheimliche Aussehen des Fremden erweckte in ihr Angst um den Bruder. Sie schlich hinauf zum Obergeschoß und horchte an der Tür. Der Fremde sprach so laut, daß sie jedes Wort verstehen konnte. Krispin sollte sich zwei Stunden nach Mitternacht mit einem Feldwagen voll Stroh an der Wegkreuzung unterhalb der Felsenstraße bereit halten. Martin und zwei Schmuggler wollten einen Mann über die Grenze herüberschaffen, der im Nachbarland wegen Raub und Totschlag gesucht wurde. Der Verbrecher sollte dann unter dem Stroh versteckt und mit Krispins Wagen nach Reichertshofen geschafft werden. Dort hätte er Freunde, die ihm weiterhelfen würden. Der Räuber würde einen schönen Batzen Geld für die Rettungsaktion springen lassen, behauptete Martin, und auch Krispin würde nicht leer ausgehen.

Die Dämmerung breitete sich über Berg und Tal aus. Hanna verkrampfte die Finger ineinander und schaute Toni im düsteren Zwielicht des scheidenden Tages mit brennenden Augen an. „War's recht oder unrecht von mir, daß ich geredet hab?" hauchte sie verstört. „Er ist doch mein Bruder."

„Du hast das einzig Richtige getan, Dirndl", beruhigte sie der junge Zöllner. „Hast du gehört, wo sie über die Grenze gehen wollten?"

Hanna dachte angestrengt nach. „Ich glaub, vom Kitzensteig war die Red", sagte sie zögernd.

Toni stieß einen leisen Pfiff aus. „Die Haderlumpen wissen wieder einmal genau, wo laut Dienstplan keine Streife unterwegs ist.

Wenn du net den Mund aufgemacht hättst, wären sie ohne jede Schwierigkeit durchgekommen." Er sprang auf. „Jetzt heißt's laufen, Dirndl! Ich muß dem Chef sofort Bericht erstatten."

Sie eilten zurück nach Tobelbrunn. Am Dorfrand blieben sie stehen und faßten sich an den Händen. Toni beugte sich zu Hanna hinab und küßte sie. „Geh heim und laß dir nix anmerken", sagte er warnend.

„Was geschieht mit dem Krispin?" wollte sie angstvoll wissen. „Er hat sich gesträubt, weil er mit einem Räuber nix zu tun haben wollte. Aber der Martin hat ihn unter Druck gesetzt."

„Wir fangen die Bürschln weiter oben ab. Dein Bruder wird in die ganze Sache überhaupt net verwickelt." Noch ein rascher Kuß, dann hastete Toni durch die herabsinkende Nacht zum Zollamt.

Mit versteinertem Gesicht hörte sich Inspektor Ruhland die Meldung seines Assistenten an. Kopfschüttelnd murmelte er: „Nun werden sogar schon Schwerverbrecher in unserem Grenzabschnitt geschmuggelt. Diesem Treiben muß ein Ende gemacht werden." Dann kam Leben in ihn. Er griff zum Hörer und führte ein eindringliches Gespräch mit der Gendarmerie. Darauf knallte er den Hörer auf die Gabel und sagte unternehmungslustig zu Toni: „Drei Polizisten treffen in einer Viertelstunde hier bei uns ein. Wir stellen fünf Mann für diesen Einsatz ab, den ich führe. Auf halber Höh des Kitzensteigs, bei der großen Serpentine, schlagen wir zu."

Bedenklich wiegte der junge Zöllner den Kopf hin und her. „Von dort aus gibt es Fluchtmöglichkeiten nach allen Seiten, Herr Inspektor. Und vergessen Sie nicht, wir haben eine dunkle Nacht. Der Himmel ist dicht bewölkt."

„Das kommt auch uns zugute, Wiesbeck", warf der Dienststellenleiter ein.

„Wenn uns nur einer von den Kerlen durch die Finger rutscht, ist die ganze Aktion bloß die Hälfte wert", sagte Toni.

„Was schlagen Sie vor, mein Lieber?"

„Der Kitzensteig führt direkt herunter zum Bärenschlößl. Ich will net Wiesbeck heißen, wenn die Grenzgänger der Carletti net ihre Aufwartung machen. Die steckt bis zum Hals in dem Geschäft drin."

„Können die sich mit ihrem Räuber vor den Gästen sehen lassen?" fragte Ruhland zweifelnd.

„Zu der Stunde, in der die am Schlößl eintreffen, ist kein Gast mehr im Haus. Wir können sie vor der Tür in Empfang nehmen oder warten, bis sie drinnen sitzen wie die Maus in der Falle."

Der Inspektor war nicht restlos von der Güte dieses Vorschlags überzeugt, stimmte aber zu, da er wußte, daß Wiesbeck weit geländekundiger war als er.

Neun geduckte Gestalten schlichen kurz nach Mitternacht auf die berüchtigte Kneipe zu, deren Fenster noch hell erleuchtet waren. In gebührendem Abstand gingen die Männer rund um das Haus in Deckung. Aus dem Gastzimmer tönten Stimmengemurmel und kreischendes Frauengelächter. Doch es dauerte nicht lange, dann torkelte ein Betrunkener nach dem andern aus der Tür.

Toni, der hinter einer rostigen Regentonne kauerte, lächelte verkniffen. Er ahnte, warum die Wirtin die Zecher in dieser Nacht zeitiger nach Hause schickte als sonst. Die Rechnung geht auf, dachte er erleichtert. Nicht auszudenken, wenn er sich geirrt hätte und die Halunken wären entwischt.

Die letzten Gäste wankten alkoholumnebelt ins Freie. Einer sang das traurige Lied vom ungetreuen Mädelein, ein zweiter rülpste und verkündete lauthals, daß Minna Carlettis Schnaps ein Fusel sei, der jeden kerngesunden Mann zum Krüppel mache. Dann verschwanden sie in der Dunkelheit. Die Lichter in der Gaststube erloschen, die Fensterläden wurden geschlossen. Durch die Ritzen der Tür drang der schwache Schein einer Petroleumlampe, die im Flur stand.

Sekunden reihten sich zu Minuten. Eine volle Stunde verging. Die Nerven der wartenden Zöllner und Gendarmen waren zum Zerreißen gespannt. Jedes kleinste Geräusch ließ sie zusammenzucken. Im Haus war alles still. Es schien, als hätten sich die Wirtin und ihre beiden Animiermädchen, die unter ihrem Dach wohnten, schon zur Ruhe begeben.

Toni verspürte heftiges Verlangen nach einer Zigarette, doch das Aufflammen des Streichhölzchens hätte ihn verraten können. So unterdrückte er seine Begierde und wartete weiter. Plötzlich zuckte er zusammen. Ein leises Knirschen war zu hören. Dann ein Schlurfen. Nun konnte man die Geräusche deutlich als Schritte ausmachen, die näher und näher kamen.

Vier Gestalten hatten das Wirtshaus beinahe erreicht, als Toni ihre Umrisse in der tiefen Dunkelheit erkannte. Der Vorderste stieg eben die Stufen zur Tür hinauf, da sprang Inspektor Ruhland aus seinem Versteck hoch und rief scharf: „Halt! Keine Bewegung! Das Haus ist umstellt. Fliehen zwecklos!"

Die Gestalten erstarrten. Doch da flog die Tür auf. „Herein!" schrie eine Frauenstimme. In die Grenzgänger kam Bewegung. Obwohl Ruhland einen Warnschuß in die Luft abgab, hetzten sie mit langen Sprüngen die Stufen hinauf und verschwanden im Innern. Die Tür schlug zu. Ruhland lief um das Haus herum und ermahnte die postierten Zöllner und Gendarmen zu größter Wachsamkeit.

Toni trat zu ihm. „Belagern hat keinen Sinn. Im Haus liegen Lebensmittel, die für Wochen reichen. Wir werden uns wohl oder übel Einlaß verschaffen müssen." Er deutete zur Tür hin. „Die ist alt und morsch und leistet keinen großen Widerstand."

„Ich verlange, daß jedes unnötige Risiko vermieden wird", sagte der Inspektor energisch.

„Darum versuch ich, allein ins Haus zu kommen. Wenn ich erst einmal drinnen bin, geben die Galgenvögel bestimmt schnell auf."

Ruhland protestierte und bestand darauf, daß mindestens zwei Mann Toni Wiesbeck bei dieser Unternehmung begleiten. Toni tat, als hätte er alle Einwände des Vorgesetzten nicht gehört. Das Gewehr unter den Arm geklemmt, rannte er auf das Haus zu und warf sich mit voller Wucht gegen die Türfüllung. Diese zersplitterte. Toni fiel der Länge nach im Flur auf den Boden, dicht neben einem niederen Wandtischchen, auf dem eine brennende Petroleumlampe stand.

Der junge Zöllner taumelte hoch. Sein Blick huschte die Stiege hinauf, die zum

Obergeschoß führte. Oben blitzte Mündungsfeuer auf. Toni warf sich zur Seite. Nur ein paar Zentimeter entfernt fuhr das Geschoß in den hölzernen Boden. Toni schoß zurück. Er hörte einen Schrei. Wieder krachte es im oberen Stockwerk. Er spürte einen Schlag, der seine linke Schulter streifte. Toni sprang auf die Tür zu. Dabei stieß er gegen das Tischchen, das mitsamt der Lampe umfiel. Sekunden später stand er keuchend neben seinem Dienstherrn.

„Ich wollte gerade zum Generalangriff blasen“, stieß Ruhland aufgeregt hervor. „Wie konnten Sie nur so leichtsinnig sein, Wiesbeck?“

Der Gerügte lächelte verzerrt. Er rang immer noch nach Luft. Seine Hand tastete sich zur Schulter. Die Finger fühlten sich klebrig feucht an.

„Sind Sie verletzt?“ fragte der Inspektor besorgt.

„Ein Kratzer. Net der Rede wert.“ Toni biß sich nachdenklich auf die Unterlippe. „Das sind härtere Brocken, als ich gedacht hab“, gestand er ein. „Die geben so schnell noch net auf.“

Ruhland blickte wie gebannt zum Haus. „Der Flur brennt!“ rief er erschrocken. „Schauen Sie nur, Wiesbeck! Durch den Spalt im Fensterladen sieht man, daß auch im

Gastzimmer schon die Flammen hochschlagen."

Als hätten die Eingeschlossenen diese Worte vernommen, wurde ein Fensterflügel aufgerissen, und ein weißes Bettlaken kam zum Vorschein. „Net schießen!" rief die Rothaarige und winkte heftig. „Wir kommen herunter. Hinter dem Haus liegt eine Leiter."

Die Zöllner und Gendarmen, die auf der anderen Hausseite auf der Lauer gelegen hatten, kamen mit der Leiter angerannt. Zuerst stiegen die beiden Animiermädchen der Schlößlwirtin herab, dann kam diese selbst. Danach schwangen sich Martin und der jenseits der Grenze gesuchte Mann über die Fensterbrüstung. Ihnen wurden sofort Handschellen angelegt. Ebenso den beiden Schmugglern, die an dem Grenzgang beteiligt waren.

Mit verschränkten Armen und völlig unbefangen ging Minna Carletti auf Toni Wiesbeck zu. Sie lächelte. „Das Wiedersehen mit dir hätt ich mir eigentlich anders vorgestellt, Herzbub", spottete sie.

„Ich auch, Rotköpfl", erwiderte Toni kühl.

Minna räusperte sich. „Da ist noch einer oben", sagte sie halblaut. „Der, den deine Kugel getroffen hat."

Der junge Zöllner riß Mund und Augen

auf. „Einen Verletzten laßt ihr einfach liegen, ihr Unmenschen?“ ereiferte er sich.

Minna zuckte mit den wohlgeformten Schultern. „Er hat sich mit Händen und Füßen dagegen gesträubt, daß wir ihn herunterschaffen.“

Toni würdigte sie keiner weiteren Antwort, eilte zur Leiter und kletterte hinauf. Mit einem Schwung stand er in der Kammer. Der Feuerschein, der seitlich an den Wänden hochschlug, erhellte den kleinen Raum. Im Hintergrund lag ein Mann auf dem Bett. Toni trat auf ihn zu. Seine Augen weiteten sich vor Entsetzen.

„Justin“, kam es heiser aus seinem Mund. „Justin Stelzer. Also du hast dich auf die andere Seite geschlagen? Nie und nimmer hätt ich das von dir geglaubt.“

Die weizenblonden Haare hingen dem hageren Burschen wirr in die Stirn des eingefallenen Gesichts. Die großen Ohren schienen noch weiter abzustehen als früher. Justin sah den ehemaligen Freund mit seinen hellblauen Augen lange stumm an. Dann würgte er mühsam die Worte heraus: „Ich bin ihr einmal begegnet und war verloren. Sie hat mit mir machen können, was sie wollen hat.“

„Aber kein Mensch hat dich jemals mit ihr gesehen“, wunderte ich Toni.

„Auf ihren Wunsch haben wir uns in aller

Heimlichkeit getroffen. Ein paar Leutl haben es schon gewußt. Doch sie sind schweigsam.“

„Jetzt wird's aber Zeit, daß ich dich aus dem Haus bring, Justin“, sagte Toni. „Sonst werden wir am End noch gebraten.“

„Ich bleib da“, stieß der Verwundete eigensinnig hervor. „Mit mir geht's sowieso bald dahin.“

„Unsinn, Justin“, widersprach Toni. „Der Doktor flickt dich schon zusammen.“ Er rief noch zwei Kollegen herauf. Die Zöllner hatten größte Mühe, den Umsichschlagenden über die Leiter zu transportieren.

★

Justin starb nach zwei Tagen an den Folgen seiner Schußverletzung. Martin und die beiden Schmuggler wurden zu langen Freiheitsstrafen verurteilt, der Räuber ans Nachbarland ausgeliefert. Die schöne Wirtin des Bärenschlößls dagegen kam glimpflich davon, da keiner ihrer Spießgesellen gegen sie aussagte. Sie saß nur in Untersuchungshaft und wurde nach der Gerichtsverhandlung auf freien Fuß gesetzt. Ihr Bärenschlößl war bis auf die Grundmauern niedergebrannt. Die Rothaarige verschwand aus der Gegend und wurde nie mehr gesehen.

Nachdem der erste Schnee gefallen war, heirateten Hanna und Toni. Es eilte, denn Nachwuchs stand in Aussicht.

„Wenn's ein Bub ist", sagte Hanna, „soll er Zöllner werden. Da wird er nie arbeitslos."

„Das stimmt", brummte Toni. „Denn Schmuggler gibt's haufenweise."

Die Söhne des Jägers

Nach einem frostklirrenden Februar, der mit eisigen Stürmen über die schneebedeckten Fluren des Brennachertales hinweggefegt war, brach in der ersten Woche des darauffolgenden Monats die Märzensonne durch und leckte den weißen Mantel von den Wiesen und Äckern. Die Zugvögel brachen in Scharen ein und bezogen die Nistplätze, die sie im vergangenen Herbst verlassen hatten. Das erste Grün begann überall zu sprießen, Bäume und Sträucher trugen kleine Knospen. Nur der Gipfel des Hüttenkamms blieb weiß das ganze Jahr über.

An den Fuß des mächtigen Bergriesen schmiegte sich das Jägerhäuschen, das der Anwander Girgl mit seinen beiden Söhnen bewohnte. Der Girgl stand seit einem Vierteljahrhundert in den Diensten der staatlichen Forstverwaltung. Er war ein Jäger von altem Schrot und Korn, der sich für Hege und Pflege des Wildbestands in seinem Revier aufopferte. Um so tiefer trafen ihn die Umtriebe der Wilddiebe, die trotz seiner Wachsamkeit immer wieder so manchen kapitalen Hirsch-, Reh- und Gemsbock wegschossen. Ein halbes Dutzend solcher Lumpen, wie er sie nannte, waren auf den Felshängen oder im Bergwald mit ihm zusammengeraten. Zwei von ihnen verließen den Platz nicht mehr lebendig, denn der Girgl war schneller mit dem Finger am Abzug als sie. Die vier anderen traten den Weg in die Gefängniszelle an. Er wurde gefürchtet von allen, die der verbotenen Jagd huldigten. Und jeder ging ihm gern aus dem Weg. Doch was half's? Auf dem Hüttenkamm standen die schönsten Böcke weit und breit. Nirgendwo sonst im Landkreis konnte man ein so schönes Stück schießen wie droben im Bergwald und auf den Gemshängen.

Die Leidenschaft war groß, und die Geldgier ebenfalls. So ging eben dieser oder jener leichtsinnige Bursche das Risiko ein, plötzlich dem Anwander Girgl gegenüberzustehen. In einigen Familien des Tales übertrug sich die Wilddieberei vom Vater auf den Sohn und womöglich noch auf den Enkel. Ein Mann, der als geschwärzter Schütz, wie man hier sagte, überführt wurde, verlor auch bei den ehrsamen Dörflern deshalb keineswegs an Ansehen. Man sprach ihn nicht schuldig. Er hatte einfach Pech gehabt. Das Wildern war für sie keine Sünde, eher eine Krankheit, von der man befallen wurde und gegen die es kaum eine Heilung gab. Trotz dieser Einstellung genoß der Jägergirgl allerorts große Sympathie. Man wußte, er tat nur seine Pflicht.

Die Wohnstube in dem kleinen Jägerhaus war einfach, aber behaglich eingerichtet. Um den graublaugesprenkelten Kachelofen zog sich eine Sitzbank. Davor standen ein Eichentisch und Stühle. An der anderen Seite der Stube waren eine gedrechselte Kommode und ein verblichenes Samtsofa zu sehen. Die Wände zierten viele Jagdtrophäen, vom Gehörn eines Rehbocks bis zum zwölfendigen Hirschgeweih.

Zwischen den beiden Fenstern hing das Bild der Anwanderin, die vor drei Jahren gestorben war. Seitdem kam ihre Schwester, die ebenfalls verwitwete Frieda Schinagl, dreimal in der Woche aus dem Dorf ins Jägerhaus, schaffte Ordnung im Haus, wusch und putzte und setzte den Männern ein Essen vor, das sich von deren Kochkünsten gewaltig unterschied. Auf dem Speiseplan der Hausinsassen standen nur Holzhackerschmarrn, Rühreier und Kartoffelsuppe. Darum tauchten die Söhne auch immer pünktlich am Mittagstisch auf, wenn die Tante

Frieda ihre Aufwartung machte.

Girgl und die beiden Söhne saßen um den Tisch und stopften mit Wohlbehagen das schmackhafte Krautfleisch in sich hinein. Danach leerten sie die vor ihnen stehenden Krüge und lehnten sich zufrieden zurück. Der Vater ging zur Kommode hinüber und holte seine Pfeife. Er war Mitte der Fünfzig, nicht gerade groß, aber breitschultrig. Sein Körper wirkte gedrungen. Das eisgraue Haar war kurzgeschoren, und das wettergegerbte, lederhäutige Gesicht mit der vorspringenden Adlernase wurde von einem grauen Vollbart umrahmt. Die dunklen Augen blickten scharf und durchdringend in die Welt. Doch sie verrieten auch Gutmütigkeit und Herzenswärme. Er setzte sich wieder und stopfte umständlich seine Pfeife. Dann steckte er sie in Brand und paffte bedächtig vor sich hin. Dabei fiel sein Blick auf den älteren Sohn Vitus.

Ein Außenstehender hätte diesen kaum für einen Sohn des Jägers gehalten. Vitus, achtundzwanzig Jahre alt, war hochgewachsen, sehnig. Sein gutgeschnittenes Gesicht zierte ein gepflegtes Bärtchen. Eine Locke der kastanienbraunen Haare hing ihm in die Stirn. Die dunkelblauen Augen schauten gelangweilt durch das Fenster hinaus auf die Wiesenhänge, die sich hinauf bis zum Bergwald zogen. Auch in der Kleidung unterschied er sich sehr vom Vater. Dieser trug eine speckig-glänzende Lederbundhose und ein ausgewaschenes graues Wollhemd. Vitus' gutsitzender Trachtenanzug dagegen stammte aus der Werkstatt eines tüchtigen Schneiders.

Girgl hatte sich vor Jahren nichts sehnlicher gewünscht, als daß sein Ältester Jäger wie er werden möge. Doch dieser hatte nicht die geringste Neigung gezeigt. Er war Händler geworden. Er kaufte und verkaufte und trieb Handelschaft mit allem, was Land und Leute benötigten. Das fing beim Vieh, bei Weizen, Hafer und Gerste an und endete bei bäuerlichen Antiquitäten, die er den Feriengästen im Sommer andrehte. Dabei kamen ihm sein hochentwickelter Geschäftssinn und eine erstaunliche Überredungskunst zu Hilfe. Drüben im Dorf Riedersham unterhielt er einen Laden und ein Warenlager.

Des Vaters Blick wanderte ein Stück weiter zum jüngeren Sohn. Dieser war wie sein Bruder hochgewachsen, doch schlanker, fast hager. Hellblonde, wellige Haare umrahmten das hübsche Jungengesicht, dessen Züge weicher wirkten als die seines Bruders. Dem Vater wäre nie im Traum eingefallen, den zarten Burschen zur Jägerei zu überreden. Da Girgl in freundschaftlicher Verbundenheit mit dem Bürgermeister von Riedersham so manches Viertel Tiroler Roten trank, lag es nahe, daß sich Hansl Anwander in der Bürgermeisterei als Gemeindeschreiber verdingte.

Der alte Jäger sah das Bild an der Wand an. Ein Glück, daß die Söhne äußerlich nach der Mutter geraten waren. Denn er selbst war alles andere als eine Schönheit. Er schmunzelte und blies einen blauen Rauchring hinauf zur hölzernen Decke.

„Gut hat's geschmeckt, das Krautfleisch, gelt, Buben?" meinte er zufrieden. „Ja, ja, kochen kann sie, die Frieda. Es ist bloß schad, daß sie net jeden Tag für uns Zeit hat."

Der ältere Anwandersohn Vitus feixte. „Das tät grad noch fehlen", meinte er. „Die Tante ist zwar gut fürs Hauswesen, aber sie redet einem dabei ein Loch in den Bauch."

Der Vater legte besorgt einen Finger an den Mund und lauschte. Als er gedämpftes Geschirrklappern aus der Küche vernahm, atmete er beruhigt auf. „Wenn sie das gehört hätt, käm sie vielleicht die nächsten acht Wochen nimmer. Dann könntet ihr euch mit Rühreiern und Holzhackerschmarrn zufriedengeben."

Hansl schaute den Bruder aus den Augenwinkeln ärgerlich an. „Dir schwatzt sie schon net die Ohren voll. Bist eh die meiste Zeit net da und läßt dir das Mittagessen in irgendeinem Wirtshaus gut schmecken. Der Vater und ich sind auf die Tante Frieda angewiesen."

„Reg dich net auf, Bürschl", lachte Vitus. „Sie läuft euch schon net davon, die alte Tratschn. Außerdem bleibt der Vater oft genug tagsüber im Revier. So groß wär der Verlust also net."

Der Jägergirgl streichelte mit den Fingerspitzen den grauen Vollbart und sah den Sprecher nachdenklich an. Zwischen den buschigen Augenbrauen bildete sich eine steile Falte. „Mir ist zugetragen worden, daß du in der vergangenen Woche wieder einmal einen Haufen Wildbret verkauft hast, Vitus", sagte er ruhig.

„Stimmt, Vater", gab der Sohn gelassen zu. „Das ist doch net verboten. Oder?"

„Wo stammt das Fleisch her?"

Vitus zuckte sorglos mit den Schultern. „Vom Wildmetzger Brechtl in Trabersreuth hab ich's gekauft. Du weißt ja, er wird von der Forstverwaltung beliefert."

„Freilich weiß ich das", murmelte der Jäger. Doch seine dunklen Augen ließen erkennen, daß er sich mit der Antwort des Sohnes nicht zufriedengab. „Ich kenn aber auch alle Schliche, mit denen sich die Wildbrethändler ein Alibi verschaffen. Sie kaufen vom Brechtl zwanzig oder dreißig Pfund Fleisch und verkaufen zwei oder drei Zentner. Wo das übrige Fleisch herstammt, da braucht man wohl net lang zu raten."

Vitus richtete sich steil auf. Die blauen Augen schossen böse Blitze auf den Vater ab. „Du bist mit deinen Anschuldigungen allweil schnell bei der Hand, Vater", rief er aufgebracht. „Kannst sie auch beweisen?"

Der Jägergirgl klopfte seine Pfeife aus. Dann lehnte er sich wieder zurück und verschränkte die Arme vor der Brust. „Beweise hab ich freilich keine", sagte er mit heiserer Stimme. „Wenn ich welche hätt, tät ich ganz fest zupacken. Dabei wär mir wurscht, wie das Bürschl heißt." Er machte eine kleine Pause. Seine Finger trommelten auf die Tischplatte. „Und wenn's der eigene Sohn wär. Denn der Hehler ist net besser als der Stehler."

Das hübsche Gesicht des braunhaarigen Vitus bekam rote Flecken. Man merkte ihm an, daß er eine heftige Entgegnung auf der Zunge hatte. Doch er schluckte sie ungesagt hinunter und lachte dann gezwungen. „Ich kenn dich lang genug, und dein ewiges Mißtrauen kenn ich auch", gab er zur Antwort. „Deswegen reg ich mich schon lang nimmer auf. Du tragst mir halt nach, daß ich kein Jäger geworden bin, sondern einer, der Handelschaften treibt. Aber das sind genauso ehrliche Leutl wie ihr von der grünen Zunft. Merk dir das endlich, Vater." Vitus erhob sich. Er drückte sein schmuckes Velourshütl mit der gebogenen Spielhahnfeder auf die braunen Locken. Sein Blick streifte den Bruder. In dem Blick lag ein bißchen Geringschätzigkeit. „Wie gut, daß der da ein Federfuchser geworden ist. Da kommt er wenigstens bei dir net in Verdacht."

„Laß mich aus dem Spiel", sagte Hansl gemütlich. „Ich kümmere mich auch net um dich."

Vitus grinste und bückte sich nach einer großen Tasche. Er riß die Tür auf. Über die Schulter sagte er: „Ich fahr übers Land. Kann sein, daß ich heut abend net heimkomm. Pfüat euch!" Die Tür schlug hinter ihm zu.

Hansl stand auf. In der Größe blieb er hinter dem Bruder kaum zurück. Doch seine Schultern waren nicht so ausladend. Er wirkte weniger wuchtig als dieser.

„Für mich wird's auch Zeit, daß ich in die Kanzlei geh", gab er zu verstehen. Er schaute auf den sitzenden Vater hinab. „Sollst net dauernd auf ihm herumhacken, Vater. Ich glaub net, daß er's mit den Wildschützen treibt."

Der Jäger gab keine Antwort. Hansl rief ihm einen Gruß zu und verließ die Stube. Kurz danach kam Frieda Schinagl herein, redete eifrig auf den Jäger ein, er müsse sich endlich eine neue Bratpfanne kaufen. Der Schmalzkrug habe einen Sprung, und in der Mehlkiste seien Würmer. Laut lamentierend zog sie über die heruntergekommene Männerwirtschaft her. Der Jäger und seine Söhne könnten dem Himmel danken, daß es sie, die Frieda Schinagl, gäbe. Alles würde freilich noch viel besser werden, wenn er, der Girgl, sich eine Frau nähme.

Der Jäger stand auf, packte eilig seine Pfeife und schlurfte zur Tür. Wenn Frieda dieses Thema anschnitt, und es war ihr Lieblingsthema, dann trat er sofort die Flucht an.

„Ich muß ins Revier", sagte er knapp und verschwand. Durch die verschlossene Tür hindurch hörte er noch die schrille Frauenstimme, die sich über die geringe Einsicht der Männer im allgemeinen und des Jägers im besonderen beklagte.

In der kleinen Diele schlüpfte er in seine Nagelschuhe, zog sich den Lodenjanker an, griff zu Hut und Stutzen und trat aus dem Haus. Aufatmend stieg er über die Wiesenhänge hinauf dem Bergwald zu.

Azurblau spannte sich der Himmel über das Tal. Ein paar vereinzelte Wölkchen hingen wie kleine Wattebäuschchen hoch oben. Schlüsselblumen leuchteten gelb aus dem jungen Grün der Wiesen.

Girgl sog die würzige Märzenluft tief in die Lungen. Der herbe Duft der Erdschollen drang von den frischgepflügten Äckern zu ihm hinauf. Er dehnte die Brust. Seit mehr als fünfundzwanzig Jahren trat er fast täglich den Weg ins Revier an. Doch der Blick auf die ihm so vertraute Natur beglückte ihn immer noch aufs neue.

Der grauhaarige Mann erreichte den unteren Rand des Bergwalds und blieb im Schatten der ersten hoch aufragenden Fichten stehen. Ein Meisenpärchen sang in den Ästen, und nicht weit entfernt hämmerte ein Buntspecht sein wildes Stakkato. Gemächlich schritt Girgl weiter auf dem Weg, der sich in Serpentinen durch den Waldgürtel dahinzog.

Dürres Reisig knackte. Hinter einer dicken Kiefer trat ein verschrumpeltes, krummrückiges Weiblein hervor. Ihr graues Kopftuch war tief in die Stirn gezogen. An ihrem rechten Arm hing ein großer Korb. Als die Alte den Jäger erspähte, humpelte sie schnell auf ihn zu. Das eingefallene Gesicht, das von unzähligen Runzeln zerfurcht war, verzog sich zu einem schiefen Grinsen.

„Schau an, der Jägergirgl", krächzte sie. „Gehst auf die Pirsch?"

„Halt ein bisserl nach dem Rechten schaun tu ich", gab er Auskunft. „Das Revier darf man net zu lang allein lassen, sonst lockt es die Spitzbuben an." Er lachte. „Von der Sorte gibt's net zuwenig, Auracherin."

Das Weiblein nickte lebhaft. „Wohl, wohl. Die Schießlust kommt über die jungen Leut wie's böse Fieber. Wen's einmal gepackt hat, den laßt's nimmer aus."

„Net bloß die jungen Leut", sagte der Jäger. Er warf einen neugierigen Blick in den Korb der Alten. „Hast wieder ein paar von deinen Kräuterln gesammelt, die für alles gut sind, bloß net für die Geldbeutelschwindsucht?" fragte er scherzend.

„Mußt net spotten, Jägergirgl", tadelte sie ihn. Der zahnlose Mund bewegte sich fortwährend, auch wenn kein Wort herauskam. „Schon manchen hab ich gesund gemacht, den der Doktor schon aufgegeben hat." Sie deutete mit ihren dürren Fingern auf den Korb. „Die Kräuterl wachsen noch net. Dafür ist es zu früh. Aber ein paar Wurzeln hab ich drin, die können Tote aufwecken." Sie grinste noch stärker.

Jeder im Tal kannte die alte, etwas wunderliche Auracherin. Und jeder nannte sie Kräuterweiblein. Es gab nicht wenige, die an die Heilkraft ihrer Pflanzen felsenfest glaubten. Eine jahrzehntelange Flüsterpropaganda, die von geheilten Schwerkranken berichtete, hatte den Ruf der Alten begründet. Dazu kam noch, daß die Auracherin Ahnungen hatte. Sie behauptete wenigstens, manches im voraus zu wissen. Auf jeden Fall hatte sie ein gutes Herz, denn als vor vielen Jahren das weitschichtig verwandte Ehepaar Fuchsgruber bei einem Hausbrand ums Leben gekommen war, hatte sie sich sofort des in letzter Minute geretteten Bübleins angenommen, das sie in liebevoller Fürsorge großgezogen hatte. Manche behaupteten, zu liebevoll. Der Kilian war jetzt ein Bursche von vierundzwanzig Jahren, der seinen Mann im Biertrinken, Kartenspielen und Raufen stand, aber für die Arbeit nicht allzuviel Begeisterung empfand.

Das Gesicht der Alten wurde plötzlich ernst. „In mir ist heut eine solche Unruh", gestand sie. „Grad als ob was Schlimmes vor der Tür ständ. Ich muß heim und mir einen starken Kräutertee kochen. Vielleicht vergeht die Unruh dann." Sie nuschelte noch einen Gruß und humpelte talwärts.

Schmunzelnd setzte Girgl seinen Weg fort. Er erreichte den oberen Rand des Waldgürtels und trat hinaus aufs Latschenfeld. Dort ließ er seine Blicke schweifen bis hinüber zum Forstkogel, den der Hüttenkamm um ein beträchtliches Stück überragte. Nachdem er das Latschenfeld überquert hatte, begann die felsige Region.

Girgl traf bei den Gemshängen ein, zu denen ein schmaler Steig führte, der in die fast senkrecht abfallenden Felsen gehauen war. Ein gutes Stück voraus sah er in der zerklüfteten Wand zwei Gemsböcke stehen. Ihm schien, als hätten die Tiere eine Witterung aufgenommen, die ihnen Gefahr anzeigte. Von ihm selbst konnte die Witterung nicht kommen, er war zu weit entfernt und stand außerdem gegen den Wind.

Plötzlich krachte ein Schuß. Girgl zuckte zusammen. Ein Fluch entrang sich seiner Kehle. Einer der Böcke machte einen Luftsprung, überschlug sich und stürzte dann in die Tiefe. Während des Falls schlug der Körper mehrmals auf den Felsen auf. Der zweite Bock hetzte davon, jeden Felsvorsprung ausnützend.

„So ein Lumpenhund", knirschte Girgl. Dann riß er sich den Stutzen von der Schulter und rannte in die Richtung, aus der der Schuß an sein Ohr gedrungen war. Die Nagelschuhe klirrten über den steinigen Pfad.

Der Felspfad stieg an. Keuchend hastete Girgl hinauf bis zu einem kleinen Plateau. Dort blieb er heftig schnaufend stehen. Sein Kopf drehte sich nach allen Richtungen. Den Stutzen hielt er im Hüftanschlag. Nach seiner Schätzung war der Schuß hier abgefeuert worden. Aber wo steckte der verwegene Schütze, der dem Revierjäger am hellichten

Tag einen prächtigen Gemsbock vor der Nase wegschoß? War dieser hinuntergestiegen oder höher hinauf? Krampfhaft überlegte der Jäger.

Eigentlich sprach alles dafür, daß sich der Wilderer an den Abstieg gemacht hatte. Denn seine Beute lag drunten in der Schlucht. Aber den Felshang konnte der Jäger von seinem Standort aus gut überblicken. Nichts bewegte sich in der Wand. Also war er nach oben geklettert, wo eine Unzahl von Vorsprüngen, Nischen und Rissen im Stein jedem Flüchtigen Schutz vor dem Auge des Verfolgers bieten konnte. Ihn dort oben aufzustöbern war reine Glückssache, wie Girgl aus Erfahrung wußte.

Er wischte sich mit dem Ärmel des Jankers den Schweiß von der Stirn. Sein Entschluß war gefaßt. Wer einen Schuß am Nachmittag wagte, der besaß auch den Mut, später Ausschau nach dem erlegten Bock drunten in der Schlucht zu halten, wenn er glaubte, die Luft sei rein. Der verzichtete nicht einfach auf das Gemswild aus Angst, beim Aufbrechen ertappt zu werden.

Diese Überlegungen brachten Girgl dazu, sich wieder hinabzubegeben und zu tun, als gäbe er die weitere Suche nach dem Wildfrevler auf. Scheinbar niedergeschlagen trat er den Rückweg an. Doch kaum glaubte er, aus dem Blickfeld des Wilderers zu sein, legte er sich auf den Boden und rutschte über den Rand des Steigs. Seine Füße tasteten nach einem Halt und fanden ihn. Die Finger krallten sich in den rauhen Fels. So stieg er an der fast senkrechten Wand Meter um Meter in die Tiefe. Gar manches Mal glitten die benagelten Schuhspitzen vom Fels ab, dann hing er mit zerschundenen Fingern an kleinen Einkerbungen und hoffte inständig, es möge aus diesen winzigen Vertiefungen kein Stein herausbrechen. Doch er hatte Glück, bis er etwa drei Meter über der Geröllhalde hing, die sich schräg abfallend zum Talgrund hinunterzog. Da faßte er nach einem kleinen vorspringenden Felsstück. Kaum hing er mit dem ganzen Gewicht daran, da brach es heraus, und Girgl stürzte auf das Geröll.

Nach einer Minute hob er den brummenden Kopf. Danach betastete er alle Gliedmaßen und stellte mit großer Befriedigung fest, daß alles an ihm heil geblieben war.

Girgl erhob sich, stapfte die Halde hinunter und langte am Boden der Schlucht an, der mit Büschen und Strauchwerk bestanden war. Es dauerte eine ganze Weile, bis er den verendeten Bock gefunden hatte. Er wies ein wunderschönes Krickl auf. Der Jäger begutachtete auch den Blattschuß.

„Gut gezielt", brummte er anerkennend.

„Der Haderlump versteht sein Handwerk." Danach suchte er sich hinter einem dichten Brombeerstrauch ein Versteck und legte sich auf die Lauer.

Nun begann der schlimmere Teil der Aktion für ihn. Denn auf einen Wildräuber warten zu müssen, das zerrte ziemlich an seinen Nerven.

Stunde um Stunde verstrich. Nichts rührte sich. Kein verdächtiger Laut war zu vernehmen. Girgl lag auf dürrem Gras hinter der Staude und lugte hinüber zu dem Gemskadaver. Er fing schon langsam an, den Sinn und die Richtigkeit seines Tuns anzuzweifeln, da hörte er in einiger Entfernung ein scharrendes Geräusch. Dann herrschte wieder Stille. Die Sonnenscheibe war schon weit nach Westen gerückt, und in der Schlucht herrschte dämmriges Zwielicht. Nun war ein leises Knirschen zu hören, wie wenn sich eine Stiefelsohle in lockere Steine drückt.

Der Jägergirgl zog den Stutzen näher zu sich heran. Sein Finger legte sich an den Abzug. Tappende Schritte näherten sich. Jeder Nerv und jeder Muskel Girgls spannte sich. Er wagte kaum noch zu atmen. Eine Gestalt schlich gebückt von Strauch zu Strauch. Girgl wußte, der Bursche suchte die tote Gemse. Minuten irrte dieser in der Nähe herum, dann hatte er sie gefunden.

Der Wilddieb stieß einen zufriedenen Pfiff aus, legte das kurzläufige Gewehr auf den Boden, nahm den Rucksack vom Rücken und zog einen Hirschfänger aus der Innentasche seiner Joppe.

Er wollte sich gerade ans Aufbrechen des Wildes machen, da sprang Girgl mit angelegtem Stutzen auf und schrie: „Die Händ in die Höh und keine Bewegung, sonst kracht's !"

Der Unbekannte erstarrte. Sekunden verstrichen, bis er sich langsam aufrichtete und die Hände über den Kopf hob. Girgl trat auf ihn zu. Die Mündung des Stutzens zeigte auf die Brust seines Gegenübers. Er beugte sich vor, um das Gesicht zu erkennen. Doch daran hinderte ihn der dick aufgetragene Ruß und das immer schwächer werdende Dämmerlicht.

„Wisch dir die Schwärze aus der Visage, Bürschl!" verlangte der Jäger. „Ich will sehen, wie so ein Lump ausschaut, der am hellen Nachmittag meine Gemsböck über den Haufen schießt."

Der Wilderer bewegte sich nicht. Er stand da, die Hände in die Höhe gestreckt, und stierte den Jäger an. Die Augen wirkten wie zwei helle Löcher in dem schwarzgefärbten Gesicht.

„Du wirst doch ein Taschentüchl haben,

mit dem du dir den Ruß aus dem Gesicht wegreiben kannst, Früchterl", sagte Girgl und trat noch einen Schritt vor. „Also fang an damit, oder ich zeig dir, wie ungemütlich ich werden kann."

Der Bursche regte sich immer noch nicht. Plötzlich ließ er sich auf die Knie fallen, packte das Gewehr, riß es hoch und schoß in die Richtung, in der Girgl stand. Dieser drückte ab. Ein Feuerstrahl fuhr aus der Mündung des Stutzens. Der rußbeschmierte Bursche schrie auf und fiel auf den Rücken. Die Finger, die den Schaft seines Gewehrs umspannt hatten, öffneten sich.

Girgl eilte zu ihm hin, nahm die Waffe und legte sie zusammen mit seinem eigenen Stutzen ein Stück entfernt auf den Boden. Dann beugte er sich über den Wilddieb, der ihn mit aufgerissenen Augen anstarrte. Er öffnete dessen Joppe. Auf dem ausgewaschenen braunen Hemd war ein roter Fleck, der rasch größer wurde.

„Dummes Bürschl", murmelte er. „War denn das nötig? Muß denn allweil gleich Blut fließen?" Unglücklich schüttelte er den Kopf. Aus dem Janker zog er ein weißes Taschentuch, knöpfte das Hemd des Wilddiebs auf und legte das Tuch auf die stark blutende Wunde. „Das wird eine schöne Weile dauern, bis ich mit dem Doktor da bin. Mußt halt schön still liegen bleiben, daß der Blutverlust net zu groß wird."

„Ich ... ich pfeif auf deinen Doktor", stieß der Schwerverletzte hervor und röchelte. Kaum hörbar fuhr er fort: „Mich flickt keiner mehr zusammen. Und das ist gut so. Ins ..." Er röchelte wieder. „Ins Gefängnis hätten mich sowieso keine zehn Zugochsen gebracht."

Die Stimme kam Girgl bekannt vor. „Wie heißt denn, Bürschl?" fragte er. Das klang beinahe sanft.

„Ich hab meinen Namen vergessen."

Der Jäger kramte erst in seinen eigenen Taschen, dann in denen des Verwundeten. Er suchte nach einem zweiten Tüchel. Als er keines fand, riß er von seinem Hemd einen Streifen ab und wischte über das Gesicht des Wilderers. Dieser versuchte es zu verhindern, indem er den Kopf hin- und herdrehte. Als Girgl den größten Teil des Rußes entfernt hatte, stieß er einen überraschten Ruf aus.

„Das ist ja der Fuchsgruber Kilian."

Das schmale Gesicht des Burschen verzog sich zu einer wütenden Fratze. Die eben noch glanzlosen grauen Augen loderten vor Haß. „Bist jetzt zufrieden, Jägergirgl?" kam es tonlos von seinen Lippen. „Endlich hast mich erwischt, du grüner Spürhund."

„Net aufregen, Kilian", sagte er begütigend. „Ich mach mich jetzt auf die Strümpf und komm mit ein paar Leutln und dem Doktor wieder.“ Lächelnd fügte er hinzu: „Vor ein paar Stunden hab ich noch im Bergwald mit deiner Pflegemutter, der alten Auracherin, geredet. Sie hat ein ungutes Gefühl gehabt. Grad als ob sie's gerochen hätt, daß …“

„Hör auf, Girgl“, keuchte der Bursche. Plötzlich hielt er den Hirschfänger, den Girgl übersehen hatte, in der Hand. Sein Arm zuckte vor, doch der Stich war so kraftlos geführt, daß die Messerspitze kaum den Loden von Girgls Janker an der Schulter durchbohrte und die Haut nur leicht ritzte. Girgl war so überrascht, daß er sich kaum bewegte. Der Hirschfänger entglitt der Hand des Todwunden. Kilian stöhnte laut und schmerzvoll auf.

„Du sollst dich doch net bewegen“, mahnte Girgl. „Schön stilliegen, bis ich wiederkomm.“ Er holte eine flache Flasche aus der Tasche, öffnete den Schraubverschluß und hielt sie an die bleichen Lippen Kilians. Dieser nippte nur und drehte dann den Kopf zur Seite.

„Net weggehen, Jäger“, bat er flüsternd. „Ich brauch keinen Doktor mehr. Das spür ich. Dein Kügerl sitzt am richtigen Fleck.“

„Vielleicht könnt er doch noch helfen, Kilian.“

Der Schwerverletzte schüttelte jetzt ganz schwach den Kopf. Das Gesicht fiel ein. Die Nase trat spitz und weiß hervor. Die Augen wurden trüb und glasig. Girgl merkte, es ging dem Ende zu.

Kilian versuchte zu sprechen. Seine Lippen formten Worte. Doch kein Laut kam aus der Kehle. Immer wieder bemühte er sich. Der Jäger beugte sich tief zu ihm hinab, um besser hören zu können.

„Wirst ... wirst du ..." Ein Röcheln unterbrach die gehauchten Worte. „Wirst du auf deinen ... deinen Sohn auch schießen, wenn du ihn ... beim Wildern erwischst?"

Das Gesicht des Jägers versteinerte. Entgeistert starrte er den Sterbenden an. „Meinen Sohn?" stammelte er schließlich fassungslos. „Den Vitus?" Ein Kloß steckte ihm im Hals, und er schluckte krampfhaft. „Sag mir um alles in der Welt, wen du meinst. Wildert der Vitus?"

Doch Kilian gab keine Antwort mehr. Sein Körper bäumte sich kurz auf und sank in sich zusammen. Ein letzter Seufzer. Dann fiel der Kopf zur Seite.

„Tot", murmelte der Jäger „Und er hat mir nimmer sagen können, ob ... ob ..." Girgl brachte es nicht über sich, den Satz zu vollenden. Zu ungeheuerlich erschien ihm der Gedanke, einer seiner Söhne könnte der verbotenen Jagd huldigen. Und noch dazu in seinem Revier.

Und doch! Was aus dem Munde eines Sterbenden kam, wog schwer. Kaum einer log jemals, wenn das letzte Viertelstündchen angebrochen war. Die Finger des Jägers fuhren aufgeregt durch den Vollbart. Aber Kilian hatte ja gar nicht behauptet, einer seiner Söhne sei ein Wilderer. Er hatte nur gefragt, ob Girgl schießen würde, wenn … Vielleicht hatte sich der Verstand des todwunden Burschen schon verwirrt. Vielleicht wußte er nicht mehr, was er redete.

Es kostete ihn große Mühe, die peinigenden Gedanken zu verdrängen und zu tun, was zu tun war. Er drückte dem Toten die Augen zu. Dann lud er den nicht sehr leichten Körper auf seine Arme und trug ihn hinauf zur Geröllhalde. Dort deckte er den Leichnam mit Steinen zu, um ihn vor den gierigen Zähnen der Füchse und Marder zu schützen. Danach hing er sich die beiden Gewehre um die Schultern und machte sich auf den Weg ins Tal.

Die Sonne hatte sich längst hinter den Höhenzügen im Westen verkrochen, als er auf das Haus der Forstverwaltung zuschritt. Wenig später stand er seinem Dienstherrn, dem Oberförster Weidel, gegenüber. Der etwa sechzigjährige Forstbeamte, ein hochgewachsener, asketisch wirkender Mann, saß mit düsterer Miene hinter seinem Schreibtisch. Als Girgl mit seinem Bericht am Ende war, erhob sich der Oberförster zu seiner vollen Größe.

„Schon wieder ein Toter?“ sagte er dumpf. „Das ist schlimm, sehr schlimm, Anwander.“ Zur Bekräftigung seiner Worte nickte er heftig.

Der Jäger hob hilflos die Arme und ließ sie wieder fallen. „Mich freut's wahrhaftig auch net, Herr Oberförster“, beteuerte er. „Aber es hat geheißen, er oder ich. Der Kilian hat mir keine andere Wahl gelassen.“

Weidel machte eine ungeduldige Handbewegung. „Mich brauchen Sie net davon zu überzeugen, daß Sie in echter Notwehr gehandelt haben, Anwander. Aber draußen in der Bevölkerung wird man glauben, daß die Jäger arg schnell bei der Hand sind mit der Kugelspritze.“

Girgl starrte den Fußboden an. „Ich kann's net ändern, Herr Oberförster“, murmelte er unglücklich. „Was geschehen ist, ist geschehen.“ Seine Faust fuhr wütend durch die Luft. „So eine Geschichte kann einem die Freud am Revierdienst gründlich verleiden.“

„Jetzt lassen Sie den Kopf net hängen, Anwander. Ist der Gendarm schon verständigt?“

„Nein. Ich mach mich gleich auf den Weg."

Die Nacht war über das Tal hereingebrochen, als Girgl ins Dorf zur Gendarmeriestation ging. Der Mond goß sein bleiches Licht aus, und ein paar Sterne funkelten schwach. Der beleibte Polizist Korbinian Scheublein mit den lustigen Hängebäckchen saß gerade vor einer riesigen Portion Leberkäs und einer Maß Bier, als ihn Girgl aus seiner beschaulichen Ruhe aufscheuchte.

„Der Fuchsgruber Kilian hat also ins Gras beißen müssen", sagte er. Nachdenklich griff er zum Maßkrug und nahm einen ergiebigen Schluck. Dann kam Bewegung in die füllige Gestalt. Korbinian Scheublein sprang auf, riß seine Dienstmütze vom Haken und band sich den Leibriemen um, an dem die Pistole hing. „Wir müssen vom Doktor die Bahre holen und ihn bitten, daß er net ins Bett geht, bevor wir wieder zurück sind. Er muß die Todesursache feststellen und den Totenschein schreiben."

Drei Stunden später war alles vorüber. Der blutjunge Kilian Fuchsgruber lag im kleinen Totenhaus von Riedersham aufgebahrt.

Oberförster Weidel, der Jägergirgl und Gendarm Korbinian Scheublein verabschiedeten sich voneinander. Mitternacht war nicht mehr weit. Girgl kratzte sich am Hinterkopf und schnitt eine unglückliche Grimasse.

„Jetzt hab ich noch einen Weg vor mir, der mir schon arg aufs Herz drückt", murmelte er. „Wenn ich den hinter mir hab, ist mir leichter."

„Ich versteh schon." Der dicke Gendarm nickte teilnahmsvoll. „Aber wenn du willst, nehm ich dir den Weg gern ab, Anwander?"

Girgl schüttelte den Kopf. „Der Kilian ist an meinem Kügerl gestorben. Also muß ich der alten Auracherin die traurige Nachricht ins Haus bringen. Sonst glaubt sie am End, ich hätt ein schlechtes Gewissen."

Der Polizist schüttelte die Hand des Jägers. „Bist net zu beneiden, Anwander. Pfüat dich!"

Girgl schritt durch die nächtlichen Dorfgassen. Die Nagelschuhe klirrten auf den Pflastersteinen. Die wenigen Laternen spendeten ein spärliches Licht. Am südlichen Rand von Riedersham lag das verwitterte, windschiefe Holzhäuschen, das die Appolonia Auracher bewohnte und in dem bisher auch der junge Kilian gehaust hatte. Der Jäger wischte sich den Schweiß von der Stirn, obwohl die Nacht kühl war. Seine Schritte wurden kürzer, je mehr er sich der Hütte näherte. Schließlich stand er vor der Tür, die morsch in den Angeln hing. Aufgeregt hüstelte er. Dann gab er sich einen Ruck und pochte kräftig an das rissige Holz. Die Zähne gruben sich tief in die Unterlippe, während er wartete.

Nicht zum ersten Mal befand er sich in dieser Situation. Nicht zum ersten Mal war ihm die Rolle des Überbringers einer so traurigen Kunde zugefallen. Doch noch nie war es ihm so schwergefallen, einem Menschen Schmerz zu bereiten. Die alte Auracherin war ein recht wunderliches, verschrobenes altes Weiblein, aber allzeit freundlich und herzensgut. Girgl mochte sie.

Durch die Ritzen des Fensterladens drang Lichtschein, der eben aufgeflackert war. Gleich darauf waren schlurfende Schritte zu hören, die sich der Tür näherten. Diese schwang kreischend auf. Das Kräuterweiblein stand mit aufgelösten grauen Haarsträhnen, in eine Wolldecke gehüllt, auf der Schwelle. In der Hand hielt sie eine brennende Kerze. Die Äuglein richteten sich schreckhaft auf den späten Besucher.

„Jägergirgl?" nuschelte sie aufs höchste überrascht. Gleich darauf fiel ein Schatten auf das runzlige Gesicht. „Du bringst nix Gutes. Ich seh dir's an. Nix Gutes bringst du."

Der Jäger senkte den Kopf. „Gern tät ich dir widersprechen, Auracherin", sagte er mit belegter Stimme. „Aber ich kann net."

Die Frau krallte die dürren Finger vor der Brust in die Decke. „Der Bub ist noch net heimgekommen, der Kilian“, stammelte sie. „Das kommt zwar öfter vor. Aber heut ... meine Ahnung ... und jetzt bist du da, Jägergirgl. Hat er ... hat er ...“ Die blutleeren Lippen begannen zu zittern.

Girgl holte tief Luft. „Er lebt nimmer, der Kilian“, murmelte er. „Es tut mir leid, Auracherin. Soviel leid.“

Im runzligen Gesicht der Alten bewegte sich keine Miene. Sie wirkte wie versteinert. Sekunden verstrichen, dann sagte sie: „Komm herein, Jägergirgl.“ Er wollte der Aufforderung gerade Folge leisten, da stieß sie die Frage hervor: „Hast du ihn erschossen?“

„Ja, Auracherin“, kam es tonlos von den Lippen des Jägers.

„Dann bleib stehen, wo du bist!“ Das klang schneidend. „Der Mensch kommt mir net ins Haus, der ihn umgebracht hat.“

Girgl trat einen Schritt vor und versuchte seine Hand auf die Schulter der Alten zu legen, doch diese wich zurück. In ihren Augen war ein Ausdruck von feindseliger Abwehr. Der Jäger ließ einen Seufzer hören.

„Er hat sein Gewehr auf mich gerichtet, Auracherin, und er hat abgedrückt. Wenn er ein bisserl besser gezielt hätt, dann läg ich jetzt in der Schlucht. Wahrscheinlich tät man mich erst in ein paar Wochen finden."

„Und dann hast du geschossen?"

„Freilich, Auracherin", rief Girgl verzweifelt. „Hätt ich warten sollen, bis er den zweiten Schuß anbringt?"

Der zahnlose Mund fing an sich zu bewegen, lautlos, wie von einer unhörbaren Stimme angetrieben. Dieses geräuschlose Mümmeln zerrte an den Nerven des Jägers.

„Hättest ein Aug zudrücken können, Jägergirgl, und ihn laufenlassen", nuschelte sie schließlich. „Andere wildern auch."

„Er hätt den Schießprügel net gegen mich erheben dürfen, Auracherin", versuchte Girgl sich zu rechtfertigen. „Mit einer kurzen Straf auf Bewährung wär er davongekommen, weil er vorher noch nie erwischt worden ist."

Die tiefliegenden Äuglein funkelten ihn an. Der Kopf legte sich etwas schief. „Bist mit deinem eigenen Fleisch und Blut genauso streng, Jäger?" fragte die Alte schrill.

Girgl zuckte zusammen. Er spürte, wie sein Herz rascher klopfte. Eine ähnliche Frage hatte er heute schon aus dem Mund des Sterbenden gehört und keine Antwort mehr darauf erhalten.

„Was soll das Gerede bedeuten?" stieß er hervor. „Mußt dich schon klarer ausdrücken, wenn ich dich verstehen soll, Auracherin."

Im faltigen Gesicht des Weibleins leuchtete für einen flüchtigen Moment Triumph auf. „Vielleicht erlebst du auch einmal so ein trauriges Stünderl, Jägergirgl. Könnt leicht sein. Am End bald schon." Sie faßte nach der Tür, um sie zu schließen, doch Girgl hinderte sie daran.

„Sag, was du weißt, Auracherin", bat er. „Laß mich net in der Ungewißheit heimgehen."

Die Angesprochene lächelte schief. „Ich weiß, daß der Kilian net allweil allein auf die verbotene Pirsch gegangen ist. Ab und zu war ein Bürschl dabei. Ein ganz besonderes Bürschl." Das Lächeln verschwand aus ihrem Gesicht. „Und jetzt geh, Jäger! Du hast deine Pflicht getan und mir Bescheid gesagt."

„Auracherin, ich bitt dich ..."

Er konnte den Satz nicht mehr vollenden. Die Tür schlug vor seiner Nase zu.

Kalt blinkten ein paar Sterne auf ihn herab, als er sich müde und niedergeschlagen auf den Heimweg machte. Er hörte nicht den heiseren Schrei des Nachtvogels und sah nicht das Kätzchen, das dicht vor ihm die Gasse überquerte. Vor seinen Augen war alles dunkel, und in seinen Ohren dröhnten noch die Worte des alten, schrulligen Weibleins. Im Jägerhäuschen war alles dunkel, als er es betrat und seine Schlafkammer aufsuchte. Der Morgen war nicht mehr fern, als er endlich in einen unruhigen Schlummer fiel.

★

Der Tod des jungen Kilian Fuchsgruber rief unter den Bewohnern des Brennachertales ungewöhnlich viel Unruhe hervor. Es kam so, wie Oberförster Weidel prophezeit hatte. Unter den Dörflern wurden Stimmen laut, die den Jägern eine wahre Schießwut vorwarfen. Andere sagten böse, man könnte meinen, die Jäger würden Kopfgeld erhalten. Und am Biertisch war gar zu hören, Wilddiebe hätten nun genug daran glauben müssen. Höchste Zeit, daß es auch einmal einen Grünen erwische. Echtes und falsches Mitleid ergoß sich über die alte Auracherin. Doch das Kräuterweiblein wehrte sich gegen übertriebene Anteilnahme, gab mürrische Antworten und schloß sich in ihrer Hütte ein.

Drei Tage war Vitus Anwander über Land gefahren und hatte so manche Bäuerin dazu überredet, auf dem Dachboden nach geschnitzten Figuren und altbäuerlichen Hinterglasmalereien zu suchen. Diese Antiquitäten schwatzte er dann den nicht fachkundigen Frauen für ein Spottgeld ab.

Ein Feldwagen war mehr als halbvoll beladen, als er vor seinem Warenlager in Riedersham den Fuchswallach zum Stehen brachte. Er lud ab und stellte die schönsten Stücke gleich ins Schaufenster seines kleinen Ladens. Dann brachte er Roß und Wagen zum Leitner Hiasl, der sein Freund war und ihm bei Bedarf das Gespann bereitwillig zur Verfügung stellte.

Der Tag neigte sich seinem Ende zu, als Vitus das Jägerhaus betrat. Der Vater saß unter der mit blaukariertem Leinen bespannten Lampe in der guten Stube und las den „Brennacher Heimatboten“. Er blickte nur kurz auf und beantwortete den Gruß des Sohnes mit einem Kopfnicken. Seit dem tragischen Vorfall in der Schlucht des Hüttenkamms hatten sich die beiden noch nicht gesehen. Vitus setzte sich dem Vater gegenüber und legte die Arme auf den Tisch.

„Lang war ich aus, gelt, Vater“, sagte er und gähnte anhaltend. „Weißt, die Bäuerinnen hocken heutzutag wie die Gluckhennen auf ihrem Zeug.“ Er lehnte sich zurück und lachte selbstgefällig. „Aber du kennst ja mein Mundwerk. Schließlich ist die eine und die andere doch weich geworden. Ein paar bildschöne Sachen hab ich erwischt, die ein gutes Stück Geld bringen.“

„Wahrscheinlich haben sich die Weiberleut lieber von ihrem Eigentum getrennt, als sich von dir halb totschwatzen zu lassen, du Dauerredner", sagte eine Stimme im Hintergrund. Von den beiden Männern unbemerkt war der jüngere Sohn Hansl ins Zimmer getreten.

Vitus warf dem Jüngeren einen mitleidig-herablassenden Blick zu. „Mit deiner Schüchternheit käm ich freilich von Federn auf Stroh."

„Wenn du Hunger hast, Vitus", sagte der Vater, „in der Küche steht noch kaltes Ochsenfleisch. Mußt dir's halt wärmen."

Dieser wehrte ab. „Ich hab im Wirtshaus Würstl gegessen." Plötzlich beugte er sich vor. „Drüben in Leutershofen ist mir zugetragen worden, was passiert ist, Vater. Ich kann dir nachfühlen, wie dir zumut ist. Tust mir aufrichtig leid."

Der Jäger legte die Zeitung auf den Tisch und hob den Kopf. Scharf sah er den Sohn an. „Hast für den Fuchsgruber Kilian kein Mitgefühl übrig?" fragte er halblaut. „Der war doch dein Freund."

Vitus machte ein erstauntes Gesicht. „Den Kilian hab ich net besser und net schlechter gekannt als der Hansl auch", erklärte er. „Eine Freundschaft hat's zwischen uns nie gegeben."

Die Augen des Vaters wurden schmal. Seine

Backenmuskeln bewegten sich, was seine innere Erregung anzeigte. „Ich hab allweil geglaubt, daß es sich schon um eine Freundschaft handeln müßt, wenn zwei sich Ruß in die Visage schmieren, die Kugelspritze packen und miteinander Wild niederschießen, das ihnen net gehört", stieß er hervor. Die dunklen Augen schossen Blitze ab.

Der Mund von Vitus klappte auf. Ratlos schüttelte er den Kopf. „Ich hab kein Wörtl begriffen, Vater. Gib mir keine Rätsel auf, sondern red deutlich."

Der Jägergirgl ließ die Faust schwer auf die Tischplatte fallen. „Du hast mich sehr gut verstanden, heuchlerischer Spitzbub", schrie er wütend. „Auf den Kopf sag ich dir zu, daß du gewildert hast mit dem Fuchsgruber. Und allein wahrscheinlich auch."

Um Vitus' Mundwinkel zuckte es. Dann brach er in schallendes Gelächter aus. „Du mußt übergeschnappt sein, Vater", prustete er los. „Wenn's draußen wärmer wär, tät ich meinen, du hast einen Sonnenstich." Er lachte wieder und schlug sich klatschend auf die Schenkel.

„Mein Bruder ist zwar eine profitgierige Krämerseel'", mischte sich Hansl in die Auseinandersetzung. „Der scheut sich gewiß net, gestohlenes Wildfleisch aufzukaufen. Aber selber schießen?" Hansl feixte. „Einen Stutzen rührt der net an, dafür leg ich meine Hand ins Feuer."

Zornbebend fuhr der Vater herum. „Halt du dich da raus, vorlautes Bürschl", schnaubte er. „Dich hat keiner um deine Meinung gefragt."

Langsam schwand die Heiterkeit aus dem Gesicht des älteren Sohnes. „Vater, dich plagt ein Hirngespinst. Das Unglück mit dem Kilian hat dich ein bisserl durcheinandergebracht. Willst mir net verraten, warum du gerade mich verdächtigst?"

„Weil dir alles zuzutrauen ist, was das Geldsäckl voll macht. Und weil ..." Girgls Brust hob und senkte sich erregt. „Die Antwort darauf geb ich dir ein andermal."

Schwerfällig erhob sich der hochgewachsene Vitus Anwander. Sein Blick ruhte auf dem sitzenden Vater. „Wenn das so ist, dann hab ich in deinem Häusl nix mehr zu suchen," sagte er mit belegter Stimme. „Ich will net länger mit einem Menschen unter einem Dach hausen, der mir jede Schuftigkeit zutraut."

Der Jäger lehnte sich zurück. Kalt fixierte er den Sohn. „Ich halt dich net zurück, Vitus. Wahrscheinlich treibt dich dein schlechtes Gewissen fort." Mahnend hob er den Zeigefinger. „Aber eines laß dir gesagt sein: Wenn du mir in meinem Revier mit einem Schießprügel über den Weg läufst, dann vergess ich, daß du mein Sohn bist."

Der Angesprochene lächelte verzerrt. „Du alter Narr", murmelte er.

Empört sprang Hansl auf. „Das Wörtl nimmst zurück, Vitus", rief er ergrimmt. „Ich lass den Vater net von dir beleidigen."

Vitus drehte den beiden den Rücken zu und verließ die Wohnstube. Die Zurückgebliebenen hörten ihn in seiner Kammer herumrumoren. Wenig später knirschten seine Schritte über den kiesbestreuten Weg des Vorgartens. Hansl trat zum Fenster und sah, wie der ältere Bruder zwei vollbepackte Koffer fortschleppte. Hinter einer Birkengruppe entschwand er den Blicken des Jüngeren.

Am nächsten Sonntag rüstete sich das Dorf Riedersham, sein vierhundertjähriges Bestehen gebührend zu feiern. Die Straßen und Gassen waren mit Girlanden und jungen Fichtenbäumchen geschmückt. Wer nicht schon bei Sonnenaufgang aus den Federn gekrochen war, der wurde durch die schmetternden Klänge der Blasmusik aus dem Schlummer gerissen. Punkt acht Uhr setzte sich der Festzug in Marsch, voran die Kapelle der Freiwilligen Feuerwehr. Dahinter schritten die Mitglieder der Schützengilde. Danach kam der Trachtenverein und eine Schuhplattlergruppe. Sie alle zogen hinaus zum Dorfanger, der in eine Festwiese verwandelt worden war. Die Riedershamer schienen sich mit dem Himmel gut zu stehen, denn er zeigte sich von seiner schönsten Seite.

Zuerst hielt der Dorfgeistliche im Freien den Gottesdienst ab und sprach den Dörflern eindringlich ins Gewissen. Diese lauschten aufmerksam, und mancher nickte beifällig. Die Jüngeren aber schielten schon hinüber zu den Würstlbuden, den Schießständen und vor allem zum Tanzpodium, das in der Mitte des Platzes aufgebaut war. Für das leibliche Wohl, vor allem für den riesigen Durst der Talbewohner, sorgte der Wirt und Brauereibesitzer Hugo Weinisch, einer der wohlhabendsten Männer.

Nach dem Gottesdienst hielt Bürgermeister Xaver Veitl noch eine markige Ansprache, in der der Werdegang des Dorfes eindringlich geschildert wurde. Endlich durften sich Männlein und Weiblein dem Vergnügen widmen. Einige strebten zu den Würstlbuden, um sich zu stärken, viele sahen beim Wettschießen der Schützengilde zu. Doch die meisten setzten sich auf die roh zubehauenen Bretter, die als Bänke dienten, und ließen sich von den feschen Bedienerinnen volle Krüge auf die ebenso primitiven Tische stellen. Der Tanzboden blieb leer, denn Tanz war erst für den Nachmittag vorgesehen.

Der Jägergirgl und sein Sohn Hansl saßen zusammen mit dem Oberförster Weidel, dem Dorfbader, dem Bäckermeister Fiegl und dem schmächtigen, ein wenig bleichsüchtigen Schullehrer an einem Tisch. Die meisten Leute grüßten freundlich herüber. Vor allem für den allseits beliebten Jägergirgl hatten sie ein Scherzwort bereit. Doch einige sahen verbissen zur Seite oder bedachten ihn mit einem feindseligen Blick.

Das war dem Oberförster nicht entgangen. Er seufzte leise. „Den Fuchsgruber tragen uns etliche Riedershamer wohl noch eine Weil nach", sagte er mit einem bitteren Lächeln. „Ich hab's geahnt."

Der gewichtige Bäckermeister blies die roten Backen auf. „Das wär ja noch schöner. Soll ein ehrsamer Jäger vielleicht warten, bis ihn so ein Haderlump über den Haufen schießt?" entrüstete er sich.

Der Dorfbader sagte nichts, denn in seiner Jugend hatte er einmal einen Bock gewildert, was keiner jemals erfahren hatte, doch der Schullehrer fügte hinzu: „Mit den Sitten und Ehrbegriffen im Brennachertal steht es net zum besten."

„Heut ist Feiertag", sagte Hansl. „Da sollte man net über so traurige Begebenheiten reden."

„Recht hat er, der junge Anwander", rief

der Bäckermeister fröhlich. Die Tischrunde prostete sich zu, leerte die Krüge und winkte die Kellnerin herbei.

Berta Gundl, ein fünfundzwanzigjähriges, üppiges Frauenzimmer, dem nicht der beste Ruf vorauseilte, kam an den Tisch und nahm die leeren Krüge in Empfang. Sie richtete es so ein, daß ihr Arm Hansls Wange streifte und ihr beachtlicher Busen in sein unmittelbares Blickfeld geriet. Dazu schenkte sie ihm noch einen verheißungsvollen Blick. Doch der hellblonde Hansl, im Umgang mit dem anderen Geschlecht noch ungeübt, wußte den Gunstbeweis nicht zu schätzen und schaute verlegen auf die Tischplatte. Wenig später kam Berta mit den vollen Krügen zurück und wiederholte das Spiel.

„Ein Mordsweib, die Berta“, sagte der Dorfbader und schnalzte anerkennend mit der Zunge.

Sie nahmen ihr Mittagsmahl auf der Festwiese ein, und am frühen Nachmittag kletterten die Blasmusiker auf die kleine Tribüne, die für sie gleich neben dem Tanzboden errichtet worden war. Mit einer lustigen Polka begannen sie, die Stimmung unter den Dörflern stieg um ein beträchtliches höher. Die Jugend aber konnte sich endlich auf den Planken des Podiums nach Herzenslust drehen.

Den Tanz eröffnete die bildhübsche Tochter des Wirts und Brauereibesitzers, Loni Weinisch, mit dem Sohn des Futtermittelhändlers Daffner, der Schützenkönig geworden war. Hansl ließ von seinem Platz aus keinen Blick von ihr. Wie sich die zierliche Gestalt graziös in den Hüften wiegte, das war für ihn eine Augenweide. Er war ihr schon manchmal im Dorf begegnet. Doch außer einem freundlichen Gruß hatte es noch kein Wort zwischen ihnen gegeben. Er hatte es einfach nicht gewagt, sie anzusprechen, und begnügte sich damit, vor dem Einschlafen von ihren schwarzen Haaren mit dem Blauschimmer zu träumen, von den sanften rehbraunen Augen, dem schmalen Näschen und den schöngeschwungenen Lippen.

Die Polka ging zu Ende, ein Walzer folgte. Loni und ihr Tanzpartner gingen von der Tanzfläche und verschwanden im Menschengewühl. Hansl holte tief Luft und setzte dann den Maßkrug an die Lippen. Sein Vater betrachtete ihn aus den Augenwinkeln.

„Sie ist schon ein sakrisch blitzsauberes Madl, die Weinisch Loni, gelt, Bub", sagte der Jägergirgl verständnisvoll. „Hol sie halt zu einem Tänzchen."

Hansl sah verlegen zur Seite und schüttelte den Kopf. „Die läßt mich glatt abfahren", behauptete er. „Der Loni bin ich zu gering."

Girgl stopfte gemütlich seine Pfeife und zündete sie an. Nachdem er eine Weile vor sich hin gepafft hatte, sagte er: „Das weißt erst, wenn du's ausprobiert hast. Net eher." Er stieß den Sohn freundschaftlich mit dem Ellbogen an. „Bist doch selber auch ein sauberes Bürschl. Schau mich grauslichen Kerl an. Trotzdem hat mich deine Mutter genommen. Aber sie hätt's nie im Leben getan, wenn ich mich net zu ihr hingetraut hätt."

Der Sohn lachte und prostete dem Vater zu. „Sie hat halt gleich gespürt, daß du ein gutes Herz hast, Vater."

Auch die Musiker griffen zu ihren Maßkrügen und machten eine Pause. Der Oberförster hatte genug von dem Rummel und verabschiedete sich.

Die Blechmusik setzte wieder ein und ließ eine flotte Weise hören. Girgl schmauchte sein Pfeifchen. Plötzlich machte er schmale Augen und stieß dicke Rauchwölkchen aus.

„Schau doch mal, mit wem die Weinisch Loni jetzt das Tanzbein schwingt, Bübl", knurrte er.

Hansl wandte sich um. Zwischen seinen Augenbrauen bildete sich eine steile Falte. „Mit dem Vitus", kam es tonlos von seinen Lippen.

Girgl lachte grimmig. „Siehst du, der Spitzbub hat mehr Schneid als du. Der tut, was ihm gefällt. Ob's erlaubt ist oder net."

„Stimmt das, daß der Vitus aus dem Jägerhäusl ausgezogen ist, Anwander", fragte der Bader neugierig. „Die Ratschweiber sagen, ihr seid zerstritten."

Der Blick, den der Jäger dem Dorffigaro zuwarf, war wenig freundlich. „Wenn einer auf die Ratschweiber hört", sagte er giftig, „dann darf man ihn auch zu denen zählen."

Der Bader trank den Rest in seinem Krug aus und erhob sich. „Für mich wird's Zeit", sagte er und ging.

Der Tanz war zu Ende. Hansls Augen folgten dem schwarzhaarigen Mädchen und dem älteren Bruder, als sie vom Podium herunterstiegen und an den Schießständen vorbeigingen, Vitus seinen Arm um ihre Schultern legte und der Wirtstochter etwas ins Ohr flüsterte, worauf diese in helles Lachen ausbrach. Hansls Zähne gruben sich in die Unterlippe. In diesem Moment bewunderte er den Bruder grenzenlos. Dessen unbekümmerte Art, mit allen Menschen umzugehen, sich Freunde und Sympathien zu verschaffen. Er beneidete ihn. Loni und Vitus gingen weiter und tauchten in der Menge unter. Hansl trommelte mit den Fingerspitzen auf den Tisch und versuchte so gelassen wie möglich auszusehen.

Doch der Vater ließ sich nicht täuschen.

„So wird es dir deiner Lebtag ergehen, wenn du dich net änderst, Bübl", raunte er ihm zu. „Jeder nimmt dir, was du haben möchtest. Auch dein Bruder." Leise fügte er hinzu: „Der Lump!"

Unwillig hob der Sohn den Kopf. „Schimpf net dauernd über den Vitus, Vater", maulte er. „Der Vitus mag ein leichtsinniger Tropf sein, aber ein Lump ist er net."

Der Vater winkte ungeduldig ab. „Jetzt gehst hin zur Loni und bittest sie um den nächsten Tanz."

Hansl holte tief Luft und stand auf. Seine innere Erregung so gut wie möglich verbergend, schlenderte er zwischen den auf und ab flanierenden Dörflern dahin.

Dann sah er sie. Sein Herz pochte kräftig gegen die Rippen, und er spürte, wie ihm das Blut die Stirn rötete. Mit der Zunge feuchtete er die trockenen Lippen an. Loni saß ganz allein an einem kleinen runden Tischchen. Sie knabberte an einem Stück Schokolade.

Hansl merkte, wie seine Hände feucht wurden. Er rieb sie an der Hose trocken. Dann nahm er all seinen Mut zusammen und ging auf sie zu. Die Füße wurden von Schritt zu Schritt schwerer. Schließlich stand er vor ihr.

In seinem Hals bildete sich ein Kloß, der immer großer wurde. Krampfhaft schluckte er, doch der Kloß wollte nicht weichen. Loni hob den Kopf und blickte ihn aus großen braunen Augen an, die von langen Wimpern beschirmt wurden. Und sie lächelte.

„Du bist doch der Bruder vom Anwander Vitus, gelt?" sagte sie mit melodischer Stimme.

Hansl nickte kräftig. „Ja", sagte er heiser, „der bin ich. Hansl werd ich gerufen."

„Siehst ihm auch ein bisserl ähnlich, Hansl", meinte sie. Dann lächelte sie wieder und ließ zwei blendendweiße Zahnreihen sehen.

Plötzlich fiel alle Scheu von dem blonden Burschen ab. Es war doch ganz leicht, dieses freundliche, liebenswerte Geschöpf anzureden, mit ihm zu plaudern.

„Gefällt's dir auf dem Festplatz?" erkundigte sie sich und spielte mit den Fingern an den Silberschnüren ihres schwarzen Samtmieders herum.

„Ja, es geht recht lustig zu hier. Und das Festbier schmeckt auch."

Dieses Lob schien sie zu freuen. „Der Vater versteht schon sein Geschäft. Er braut das beste Bier im ganzen Landkreis", bemerkte sie, und ein wenig Stolz klang aus ihren Worten. „Aber ich hab dich heut noch gar net auf dem Tanzboden gesehen, Hansl."

Der lang aufgeschossene Bursche räusperte sich verlegen. Dann lachte er. „Weißt", erklärte er, „ich bin einer, der sich alles zwanzigmal überlegt, bevor er's tut. Jetzt freilich tät's mich schon reizen. Willst net den Zwiefachen mit mir tanzen, Loni?"

Achtlos ließ die Wirtstochter den Schokoladenrest ins Gras fallen und erhob ich. „Gern, Hansl", sagte sie einfach.

„Halt!" ließ sich eine Stimme hinter Hansls Rücken vernehmen. „Da hab ich auch noch ein Wörtl mitzuschwatzen."

Der junge Bursche drehte sich um und blickte in das grinsende Gesicht des älteren Bruders. Vitus hatte die Hände tief in den Hosentaschen vergraben und den Velourshut weit aus der Stirn geschoben.

„Seit wann traust du dich denn an die Weiberleut heran, Stubenhocker?" erkundigte er sich spöttisch. „Dein Vater sitzt ganz allein an seinem Tisch. Geh zu ihm, daß er sich net langweilt."

„Er ist auch dein Vater, Vitus", erwiderte der Jüngere.

„Gewesen", erklärte der Ältere kategorisch. „Ich lass mir von dem Alten net lebenslang Sünden auf den Buckel binden, die ich net begangen hab. Mit dem bin ich fertig."

„Eure Familiengeschichten gehören net auf den Festplatz", ließ sich das Mädchen vernehmen. „Komm, Hansl, tanzen wir, bevor die Musik zu spielen aufhört!"

„Den nächsten Tanz hast du mir versprochen, Dirndl", erinnerte sie Vitus eindringlich. „Willst am End gar wortbrüchig werden?"

Loni zögerte. Dann hob sie die Schultern und schaute den jüngeren der beiden Anwandersöhne bedauernd an.

„Es stimmt, was er sagt", gab sie zu. „Verschieben wir's halt auf später."

Vitus legte den Arm um die schmalen Hüften der Schwarzhaarigen und führte sie zum Podium. Mit gesenktem Kopf ging Hansl zum Tisch des Vaters zurück. Dieser betrachtete ihn mit gefurchter Stirn.

„Hat dir das Dirndl einen Korb gegeben?" fragte er.

Der Sohn schüttelte den Kopf. „Nein. Aber der Vitus ist mir in die Quere gekommen. Der Tanz war ihm zugesagt."

Die Stirn des Vaters furchte sich noch mehr. In sein lederhäutiges Gesicht trat ein harter Zug. Böse schielte er hinüber zur Tanzfläche und beobachtete, wie Vitus die Wirtstochter vergnügt herumwirbelte. Die vollbusige Bedienerin Berta brachte noch zwei volle Krüge. Auch diesmal versäumte sie nicht, den Arm fest an Hansls Schulter zu pressen und dem jungen Mann vielsagende Blicke zuzuwerfen.

„Dem eigenen Bruder mißgönnt er so ein harmloses Vergnügen, der charakterlose Strolch", knurrte der Jägergirgl ergrimmt.

„Nenn ihn net einen Strolch, Vater", verteidigte Hansl den Bruder. „Du machst ihn schlechter, als er ist."

Girgl brummte ein paar unverständliche Worte in seinen Vollbart hinein, griff zu seinem Maßkrug und nahm einen ausgiebigen Schluck. Die Kapelle verstummte, und die Blechmusiker feuchteten die trockenen Kehlen an. Der Tanzboden leerte sich. Der jüngere Jägersohn verlor Loni und Vitus im Gewimmel der auseinanderstrebenden Tanzpaare aus den Augen. Ihm war alle Freude am Fest vergangen. So nahe war er am Ziel seiner Wünsche gewesen. Eine zweite Gelegenheit fand sich bestimmt nicht so leicht, denn die vielbegehrte Wirtstochter war meistens von einem ganzen Schwarm junger Burschen umgeben, die alle darauf lauerten, ein Tänzchen zu ergattern. Hansl stieß einen langgezogenen Seufzer aus und trank aus Verzweiflung den halben Krug leer. Der genossene Alkohol kam allmählich zur Wirkung, und die Welt sah plötzlich wieder freundlicher aus.

Die Musiker griffen wieder zu ihren Instrumenten. Der Kapellmeister hob einen Sprechtrichter an seinen schnauzbärtigen

Mund und rief laut das Wort „Damenwahl" über den Festplatz hin. In die Mädchen an den Tischen kam Bewegung. Sie schwärmten eilig aus, denn es ging darum, noch rechtzeitig einen feschen Burschen zu erwischen. Alle rannten an Hansls Tisch vorbei. Ein wehmütiges Lächeln huschte über das junge Gesicht des blonden Burschen. An seinem Äußeren konnte es doch nicht liegen, daß ihm die holde Weiblichkeit des Brennachertales wenig Beachtung schenkte. Schuld war nur die verflixte Zaghaftigkeit.

Der Vater stieß ihn in die Seite. „Hast du Kartoffeln vor den Augen, Bübl?" fragte der Jägergirgl schmunzelnd. „Schau, wer da ist."

Hansl hob den Kopf. Er traute seinen Augen nicht. Loni, die bildhübsche Wirtstochter, stand am Tisch und lachte ihn an. Sie machte scherzhaft einen Knicks und sagte vergnügt: „Wenn's erlaubt ist, dann bitt ich um den Tanz, Euer Hochwohlgeboren."

Der junge Mann erhob sich. Wie im Traum stelzte er neben dem bewunderten Mädchen her zur Tanzfläche. Scheu faßte er Loni an der Hand und legte den anderen Arm um ihren Rücken. Steif drehte er sich im Kreis zu den Walzerklängen. Dabei vermied er es, der Schwarzhaarigen in die Augen zu blicken.

Nachdem das Paar den Tanzboden einmal umrundet hatte, ergriff Loni die Initiative.

Sie rückte näher an ihn heran und wirbelte den hölzern wirkenden Burschen fröhlich herum. „Rühr dich, Hansl", wisperte sie ihm zu. „Die Leut glauben ja, du hättest eine Wagendeichsel verschluckt."

Der Blonde lächelte verlegen. Er genoß jede Sekunde und sehnte doch das Ende des Tanzes herbei, weil er glaubte, seine Unbeholfenheit wäre ihr peinlich. Doch ein rascher Blick in das liebliche Gesicht überzeugte ihn davon, daß Loni ihre Fröhlichkeit noch nicht verloren hatte. Er beherzigte ihre Aufforderung, und mit einem Mal ging alles viel leichter. Plötzlich spürte er den Rhythmus, und seine Bewegungen paßten sich beinahe mühelos an.

„Recht so, Hansl", ermunterte ihn die Schwarzhaarige. „Du kannst es. Du weißt es bloß net."

Ein Glücksgefühl durchströmte den Burschen, wie er es vorher noch nie empfunden hatte. Leicht wie eine Feder lag das Mädchen in seinen Armen. Aus den braunen Augen leuchtete Lebensfreude. Der schön geschwungene Mund war ein wenig geöffnet. Ein unbändiges Verlangen überkam Hansl, sich hinunterzubeugen und diesen Mund zu küssen.

Der letzte Takt des Walzers verklang. Die Paare standen auf dem Tanzboden und klatschten kräftig in die Hände.

Hansl beobachtete das Mädchen mit bangem Herzen. Würde sie Anstalten machen, das Podium zu verlassen, oder …

„Beim nächsten Tanz geht's bestimmt noch besser", sagte sie, und der Jägersohn hätte fast einen Luftsprung vor Freude gemacht. Sie wollte weitertanzen. Sie, die umschwärmte Loni Weinisch! Mit ihm!

Er war so in Gedanken versunken, daß er überhörte, wie die Musik zu einer Polka einsetzte. Burschikos ergriff die Wirtstochter seine Hand. „Aufwachen, Hansl! Polka tanzen!"

Viel zu schnell vergingen die nächsten Minuten. Nach einem kräftigen Trompetenstoß legte die Kapelle die Instrumente aus der Hand und wandte sich den vollen Krügen zu. Loni und Hansl verließen die Tanzfläche. Die Schwarzhaarige blieb stehen. Unschlüssig schaute sie sich nach allen Seiten um.

„Eigentlich hab ich schon genug von dem ganzen Trubel", sagte sie. „Ich möcht weg vom Festplatz. Mir steht der Sinn nach einem gemütlichen Spaziergang, bevor ich heimgeh. Kommst mit, Hansl?"

„Nix lieber als das", antwortete er.

Während sie zwischen den Buden und Schießständen Seite an Seite dahingingen, wurde Loni immer wieder von jungen Dörflern angehalten, um einen Tanz gebeten oder zu einem Gläschen Enzian eingeladen. Mancher trug dem Mädchen auch seine Begleitung an, ohne sich um die Anwesenheit des Jägersohnes zu kümmern.

Das Wirtstöchterlein wehrte alle Bewerber lachend und mit launigen Worten ab. Die Stirn gefurcht, hielt sich der Jägersohn dicht neben ihr und wäre jedem am liebsten an die Gurgel gefahren. Endlich erreichten sie den Rand der Festwiese. Dort hatte die Binder Fanny ihren Verkaufstisch aufgestellt und hielt in Goldpapier eingewickelte Schokoladenherzen feil.

Wie aus dem Erdboden gewachsen stand Vitus plötzlich vor den beiden jungen Menschen. Die Daumen in die Ärmelausschnitte seiner grünen Samtweste gehakt, grinste er das Paar an. Großspurig rief er der zaundürren Fanny zu, das schönste Schokoladenherz herzubringen. Diese führte eiligst den Auftrag aus. Vitus legte augenzwinkernd der Wirtstochter das rote Band, an dem das Herz hing, um den Hals.

„Der saubersten Maid das größte Herz", murmelte er und ließ seine Hand auf ihrer Schulter liegen. „Was hast denn im Sinn, Dirndl?"

„Mir ist das Fest zu laut geworden", gab die Schwarzhaarige Bescheid. „Ich geh noch ein bisserl spazieren."

Der Daumen des älteren Anwandersohnes richtete sich auf den jüngeren Bruder. „Mit dem da?"

„Ja, mit dem Hansl", sagte Loni betont.

Vitus wandte sich dem Ebengenannten zu. In sein Lächeln mischte sich herablassendes Mitleid. Er holte aus der Westentasche eine Münze hervor und streckte sie dem Bruder entgegen. „Lauf und kauf dir am Stand ein paar Schweinswürstl, aber laß die Finger von Madln, mit denen du noch nix anfangen kannst."

Hansl stieg die Zornröte in die Stirn. Mit einer raschen Bewegung schlug er Vitus das Geldstück aus der Hand und stieß erregt hervor: „Spar du dir dein Geld und deine dummen Sprüch, lausige Krämerseel! Hast noch net gemerkt, daß dich die Loni lieber von hinten sieht als von vorn?" Rasch warf er dem Mädchen einen Blick zu, um sich zu vergewissern, daß er mit dieser Behauptung nicht zu weit gegangen war. Doch die Wirtstochter spitzte überrascht die Lippen. Seine Widerrede schien ihr Respekt abzunötigen.

Der ältere Anwander reckte sich zu seiner vollen Größe auf. Er kniff ein Auge zu und trat auf den Bruder zu. „Jetzt hast eigentlich ein paar Maulschellen verdient, Lausbübl, grasgrünes", erzürnte er sich. „Mach dich auf die Socken, sonst staub ich dir das Jakkerl doch noch gehörig aus."

Hansl ballte die Fäuste und machte ein unternehmungslustiges Gesicht. „Fang an, Vitus. Ich bin schon neugierig darauf." Er wußte genau, daß ihm der Bruder körperlich überlegen war. Aber er wäre lieber gestorben, als vor Lonis Augen Schwäche zu zeigen.

Vitus holte aus und traf Hansl seitlich an der Kinnlade. Diesen riß es von den Beinen, und er landete auf dem Sitzfleisch. Wie von einer Natter gebissen sprang er hoch und stürzte sich auf den Älteren. Seine Faust schnellte vor und knallte gegen Vitus' Nase, die sogleich zu bluten begann.

„Aufhören!" rief Loni. „Ich bitt euch, macht ein End!"

Die beiden Brüder schlugen wild und unbarmherzig aufeinander ein. Der Wille, sich vor Loni nicht zu blamieren, verlieh Hansl Riesenkräfte. Er trieb den Bruder vor sich her. In der Nähe stehende Dörfler eilten herbei und ließen überraschte Rufe hören. Diesen Kampfeseifer hätte dem schmächtigeren Hansl niemand zugetraut. Ihre Sympathien galten ihm, was auch lautstark zum Ausdruck kam.

„Schluß, oder ich lauf auf und davon", übertönte Lonis Stimme den Lärm.

Sofort ließen die beiden Streithähne voneinander ab. Keuchend standen sie sich gegenüber. Keiner ließ einen Blick vom anderen.

„Mit wem gehst jetzt, Loni?“ fragte Vitus, immer noch nach Luft ringend.

„Ich hab meine Meinung net geändert“, erklärte sie. „Der Hansl begleitet mich, wenn er will.“

Ein Leuchten ging über das ein wenig lädierte Gesicht des jüngeren Jägersohnes. Er befühlte kurz das linke Auge, das anzuschwellen begann. Dann trat er neben die Schwarzhaarige hin.

„Gehen wir, Loni“, sagte er.

Mit verkniffener Miene starrte Vitus hinter dem Paar her, das auf dem Feldweg dahinschlenderte, der zwischen frischgepflügten Äckern hinüber zum Riedbach führte. Der Sonnenball, der dem Tal tagsüber festliches Wetter beschert hatte, schickte sich an, hinter die Schroffen und Grate der Höhenzüge im Westen zu kriechen.

Die Schwarzhaarige atmete tief ein. „Ich mag den würzigen Geruch der Erdschollen, wenn der Pflug sie aufwühlt“, sagte sie leise. „Bald wird neues Leben aus dem Boden keimen. Wie jedes Jahr. Es ist immer wieder dasselbe. Aber immer wieder ein kleines Wunder für mich.“

Erstaunt schaute Hansl sie von der Seite

an. Solche tiefsinnigen Gedanken hatte er bei ihr nicht vermutet.

Sie erreichten das Ufer des Baches, der nur wenig Wasser führte. Die kleinen Wellen schlugen glucksend an den mit gelbgrünem Gras bestandenen Hang. Zwei Bachstelzen hüpften von Stein zu Stein und tauchten die Schnäbel ins seichte Wasser. In den Blättern der Weidenbüsche, die das Ufer säumten, säuselte der aufkommende Abendwind. Der Himmel färbte sich violett.

Die beiden jungen Menschen blieben stehen. Sie sahen sich in die Augen, lachten sich an. Und sie sprachen aus, was ihre Herzen empfanden.

„Ich hab dich lieb, Loni", sagte Hansl kaum hörbar. Vor wenigen Minuten wären ihm diese Worte noch nicht so leicht über die Lippen gegangen.

Das Mädchen nickte ihm zu. „Ich mag dich auch sehr, Hansl. Ich weiß selber net warum."

Eine Weile standen sie sich stumm gegenüber. Jeder wußte, was den andern bewegte. Es bedurfte keiner Worte. Schließlich raffte Hansl all seinen Mut zusammen.

„Darf ich dir ein Busserl geben, Loni?"

Die Wirtstochter lächelte. „Tu's doch endlich, du dummer Bub", flüsterte sie. „Ich wart ja schon eine halbe Ewigkeit darauf."

Er beugte sich zu ihr hinab und drückte seinen Mund auf ihre schöngeschwungenen Lippen. Leicht, behutsam. Es war ein schüchterner, hingehauchter Kuß. Da legte sie die Arme um seinen Hals und küßte ihn heiß und verzehrend. Die Körper preßten sich aneinander, als wollten sie zu einem verschmelzen.

Als ihn Loni sanft von sich schob, war die Nacht schon über das Tal hereingebrochen. Hand in Hand traten sie den Heimweg an. Hansl glaubte auf Wolken zu schweben.

Der Himmel war übersät mit Sternen, die ihr silbriges Licht über das Brennachertal ausschütteten. Hansl schaute seine Begleiterin von der Seite an. Ihr feines Profil verzauberte ihn. Daß es so viel Glück auf der Welt gab, hätte er nie geglaubt.

Als sie bei der Festwiese eintrafen, war die Musik längst verstummt. Nur noch wenige, trinkfeste Dörfler saßen vor ihren Krügen.

Loni und Hansl gingen durch das Dorf, auf dessen Straßen kaum noch Menschen anzutreffen waren. Am entgegengesetzten Dorfrand lag das Wirtshaus „Zur Goldenen Krone“, das Lonis Vater gehörte. Daran schloß sich das langgestreckte Gebäude der Weinischbrauerei mit dem hohen Kamin an, der weithin sichtbar war. Die Fenster des Gasthauses waren dunkel.

Vor der Tür blieben die jungen Leute stehen. Sie hielten sich immer noch an den Händen. Ihre Blicke tauchten ineinander. Der Augenblick der Trennung stand bevor.

„Warum muß es einen Abschied geben?“ fragte Hansl betrübt.

„Ein Abschied, auf den ein Wiedersehen folgt, mein lieber Bub, ist leicht zu ertragen.“

Hansl lauschte auf den Klang ihrer Stimme. Dann nickte er. „Du hast recht, mein herzliebes Madl“, stimmte er zu. „Wann bist du wieder bei mir?“

Sinnend legte Loni einen Finger ans Kinn. „Morgen wird's wohl spät werden, bis ich aus dem Kontor des Vaters herauskomm“, überlegte sie. „Der Steuerberater ist im Haus.“

„Ein verlorener Tag“, seufzte der blonde Bursche.

„Kommst übermorgen nach Feierabend“, raunte sie ihm ins Ohr. „Brauchst net in die Gaststube zu gehen. Ich halt schon rechtzeitig Ausschau nach dir.“

„Und ich kann's kaum erwarten.“ Sie fielen sich in die Arme und versanken in einen leidenschaftlichen Kuß.

Eine tiefe, rauhe Stimme rief brummig: „Oho! Was sind denn das für Zuständ?“

Loni und Hansl fuhren erschrocken auseinander. Ohne daß sie es bemerkt hatten, war ein großer, gewichtiger Mann mit breiten Schultern aus der Tür getreten.

„Papa?" rief Loni verlegen. „Ich hab geglaubt, du wärst noch auf dem Festplatz."

Der Wirt und Brauereibesitzer Hugo Weinisch schaltete die Hängelampe ein, die über der Gasthaustür hing. Sein kurzgeschorenes Haar war so pechschwarz wie das seiner Tochter. Nur die Schläfen färbten sich grau. Auch sein Profil ließ eine gewisse Ähnlichkeit mit Loni erkennen. Die Augen waren grau und blickten energisch in die Welt. Hugo, ein Mittfünfziger, war als willensstarker Mann bekannt, der die Ellbogen zu gebrauchen wußte, wenn es um seinen Vorteil ging. Dieser Eigenschaft hatte er auch seinen beträchtlichen Wohlstand zu verdanken, behaupteten manche Brennachertaler.

Die Unmutsfalte stand immer noch auf seiner Stirn, als er näher trat. Der Blick, mit dem er Hansl von Kopf bis Fuß fixierte, war nicht gerade als freundlich zu bezeichnen. „Ist das net der jüngere Anwander, der Sohn vom Jägergirgl?" fragte er barsch.

„Er ist es, Papa", erklärte Loni. Ihre Selbstsicherheit, die sie wohl vom Vater geerbt hatte, war zurückgekehrt.

Das Kinn des Wirts wies auf den blonden Burschen. „Kann der net selber reden?" wollte er ungehalten wissen. „Hat's ihm die Sprach verschlagen?"

Hansl lächelte gezwungen. „Nein, ich bring schon einen Ton heraus, wenn's sein muß", versicherte er und hustete verlegen.

„So. Ich hab gedacht, du könntest bloß busseln und sonst nix." Der Wirt wandte sich der Tochter zu. „Jetzt geh ins Haus, Loni. Es ist nimmer zu früh."

Das schwarzhaarige Mädchen und der blonde Bursche schauten sich an. Ihre Blicke sagten mehr als tausend Worte. „Gute Nacht, Hansl", murmelte Loni.

„Schlaf gut, Madl." Der Jägersohn drehte sich um, und seine Schritte knirschten auf dem kiesbestreuten Weg, der durch den Wirtsgarten führte.

Die Tür schlug mit einem Knall hinter Hugo Weinisch und seiner Tochter zu. Im Hausflur blieb der Wirt stehen und schüttelte den massigen Kopf. „Ich versteh dich net, Kindl", brummte er. „Bist das sauberste Dirndl im Tal und die Erbin von der Weinischbrauerei. Kannst dir den besten Mann aussuchen, der im Landkreis zu finden ist. Und du scharwenzelst um den windigen Kanzleischreiber von der Gemeinde Riedersham herum. Da geht mir der Verstand aus."

Loni wich seinem Blick nicht aus. „Wir haben auf der Festwiese miteinander getanzt, und der Hansl hat mich heimgebracht. Ist das eine Todsünd, Papa?"

„Freilich net. Aber da spinnt sich was an. Dafür hab ich ein Gespür, Kindl."

Die Schwarzhaarige lachte unbekümmert. „Willst am End der alten Auracherin Konkurrenz machen, Papa?"

Ärgerlich winkte der große, breitschultrige Mann ab. „Der Benzberger Benedikt ist ganz verrückt nach dir", sagte er eindringlich. „Sein Vater hat das große Sägewerk und die einzige Ziegelei im Tal. Das wär ein Hochzeiter, der sich sehen lassen kann."

Spöttisch schürzte die Wirtstochter die Lippen. „Außerdem ist er der beste Tarockspieler im ganzen Dorf und kann zwölf Maß Bier trinken, ohne daß er vom Stuhl fällt. Ich dank."

„Im Ehestand hat sich schon mancher die Unarten abgewöhnt und ist ein braver Familienvater geworden", gab der Wirt zu bedenken.

„Wo's Herz net im Spiel ist, kann's Glück net wachsen", sagte Loni eigensinnig.

Wütend stampfte Hugo Weinisch mit dem Fuß auf. „Den Schreiberling jedenfalls schlag dir aus dem Kopf. Der setzt sich net ins warme Nest, dafür garantier ich. Da wär mir sein Bruder, der Vitus, noch lieber. Er soll einen guten Handel treiben, hört man."

Die Schwarzhaarige stellte sich auf die Zehenspitzen und drückte dem Vater einen flüchtigen Kuß auf die Wange. „Zerbrich dir heut nimmer den Kopf, Papa", empfahl sie dem großen Mann. „Du hast einen arbeitsreichen Tag hinter dir. Und bis mir die Hochzeitsglocken läuten, fließt noch viel Wasser den Riedbach hinunter. Gut Nacht." Sie trippelte, graziös die Hüften schwingend, den Flur entlang und bog um die Ecke.

Der Brauereibesitzer blickte ihr halb stolz, halb zornig nach. So verlief das immer zwischen ihnen. Sie hatte das letzte Wort. Kein Mensch im ganzen Tal tanzte ihm auf der Nase herum. Aber sie wickelte ihn mühelos um den kleinen Finger.

Hansl Anwander stapfte unterdessen durch die sternenklare Nacht. Er mußte an sich halten, um den Überschwang der Gefühle nicht in die Nacht hinauszuschreien. Das Glück sprengte ihm fast die Brust. Das süßeste Mädel der Welt war ihm gut. Sie hatte ihn gern. War es nicht doch nur ein Traum? Sicherheitshalber kniff er sich in den Arm. Nein, es war Wirklichkeit, wunderschöne Wirklichkeit.

Aus der Ferne war der heisere Schrei eines gefiederten Nachträubers zu vernehmen. An einer Dorflaterne lehnte der alte Taglöhner Krispin Hager. Er hatte offensichtlich mehr Festbier konsumiert, als er vertragen konnte. Hansl sprang hinzu und fing ihn auf, bevor er der Länge nach aufs Pflaster fiel. Fürsorglich legte der blonde Bursche den Arm um den Alten und führte ihn bis zu der schäbigen Behausung, in der Krispin wohnte. Dieser lallte kaum verständliche Worte des Dankes und verschwand im Innern.

Hansl ging weiter und freute sich. Er hätte am liebsten jedem Menschen irgend etwas Gutes getan. Jeder sollte glücklich sein wie er, wünschte er sich. Kummer und Leid sollten aus einer Welt verbannt werden, in der es solche Wunder gab, wie ihm heute eines widerfahren war.

Er langte am Jägerhäuschen an und suchte seine Schlafkammer auf. Langsam entkleidete er sich. Sein Blick wanderte durch das winzige Fenster zu dem stolzen, firnbedeckten Bergriesen hinüber. Im schwachen Sternenschein konnte er nur dessen Umrisse erkennen.

Dann löschte er die Kerze. Mit weit offenen Augen lag er im Bett und starrte in die Dunkelheit. Er wehrte sich gegen die Müdigkeit. Wach wollte er bleiben und an sie denken. Doch die Natur forderte ihr Recht. Bald war er in tiefen, ruhigen Schlummer versunken. Draußen vor dem Fenster säuselte der leichte Nachtwind in den Birkenzweigen.

★

Der Morgen war noch jung, als der Jägergirgl durch den Bergwald schritt. Die wenigen Sonnenstrahlen, die den Weg durch das Geäst der Fichten fanden, brachten die Tautropfen im Farnkraut zum Glitzern. Die letzten Schwaden des Morgennebels stiegen auf und zerstoben in der warmen Luft. Eine Kolonne roter Waldameisen war schon eifrig am Werk und schleppte Gräser und Fichtennadeln zu ihrem Bau. Im Wipfel einer Kiefer schien ein Meisenpaar in Streit geraten zu sein. Ihr Gezwitscher klang herausfordernd und angriffslustig.

Der Waidmann kontrollierte ein paar Wildwechsel und wollte eben zu seiner Feldflasche greifen, um einen Schluck Rumtee zu sich zu nehmen, da knackte es in der nahen Fichtenschonung. Eine stämmige Hirschkuh bahnte sich aufgeregt ihren Weg durch das dichte Astwerk des Jungholzes. Sie warf dem Jäger einen gehetzten Blick zu und floh dann mit weiten Sprüngen. In einer Senke des Bergwalds verschwand sie.

Girgl riß seinen Stutzen von der Schulter und entsicherte ihn. Das Verhalten des Tieres verriet, daß es aufgeschreckt worden war. Ein Mensch mußte in der Nähe sein.

Der Jäger machte schmale Augen. Gebückt rannte er am Rand der Schonung entlang, bis er das Ende des schmalen Jungholzstreifens erreicht hatte. Dort blieb er lauernd stehen. Er vermutete, daß der Unbekannte sich auf der andern Seite des Jungfichtenbestandes aufhielt und, wenn es sich um einen Wilddieb handelte, sicher nach dem Verbleib der Hirschkuh Ausschau hielt.

Seine Geduld wurde auf eine harte Probe gestellt. Eine halbe Stunde verstrich, ohne daß sich irgend etwas Verdächtiges bewegte oder daß ein Geräusch zu hören war, das ihn hätte aufhorchen lassen. Langsam begann Girgl zu glauben, daß es sich bei dem scheinbar aufgeregten Lauf der Hirschkuh um keine Flucht gehandelt hatte.

„Wahrscheinlich sind meine Nerven seit der Fuchsgrubergeschichte ein bisserl arg strapaziert", brummte er verärgert. „Ich seh schon Gespenster, wo gar keine sind."

Girgl lehnte den Stutzen an das nächststehende Bäumchen und holte die Feldflasche aus dem umgehängten Leinenbeutel. Ein kräftiger Schluck des aromatisch duftenden Rumtees erfrischte ihn und hob die etwas gesunkene Laune wieder an.

Gemächlich schraubte er den Deckel auf die Flasche. Sein Blick wanderte hinüber zum andern Ende der Schonung. Der Jäger erstarrte. Dort stand ein hochgewachsener Mann mit einem Jagdgewehr in den Händen. Auch dem Mann schien der Schreck gehörig in die Glieder gefahren zu sein. Erst als Girgl die Feldflasche fallen ließ und zu seinem Stutzen griff, kam Bewegung in die Gestalt. Der Wilderer, der den Hut tief in die Stirn gezogen hatte, wirbelte herum und begann zu laufen.

Er rannte über die Lichtung, die sich hinter dem Jungholz bis zum Hochwald hinzog. Girgl hetzte hinter ihm her, doch der Abstand vergrößerte sich mehr und mehr, denn der Flüchtige hatte die längeren Beine.

Der Verfolger brüllte: „Bleib sofort stehen, oder ich brenn dir ein Kügerl aufs Fell!"

Diese Drohung bewirkte das Gegenteil bei dem Wilderer. Er beschleunigte sein Tempo und schien jetzt förmlich über den Grasboden zu fliegen. Etwa zwanzig Meter trennten ihn noch von den ersten dickstämmigen Fichten des Hochwalds.

„Stehenbleiben, Mistkerl!" schrie Girgl außer Atem und keuchte auf krummen Beinen hinterher. Ein Gedanke durchzuckte ihn, der ihm eine Gänsehaut über den Rücken jagte. Nur einer konnte so laufen. Einer, der schon in der Schule beim Wettrennen alle andern Dorfjungen mühelos hinter sich gelassen hatte. Die Größe stimmte auch. Jeder Zweifel war für Girgl ausgeschlossen.

„Halt an, Vitus, oder, meiner Seel, ich schieß!" röhrte er.

Der hochgewachsene Flüchtling machte einen langen Satz und tauchte hinter zwei dicht nebeneinanderstehenden Nadelbäumen unter. Girgl hörte noch sekundenlang das Knacken von dürrem Reisig, das unter den Füßen des Wilddiebs zerbrach, doch er bekam ihn nicht mehr zu Gesicht.

Völlig erschöpft torkelte der Jäger zum nächsten Baumstumpf und hockte sich darauf. Grimmig riß er sich den fleckigen Hut vom Kopf und warf ihn ins Moos.

„Er war's", stieß Girgl zwischen den Zähnen hervor. „Da verwett ich mein schönstes Hirschgrandl." Seine schwielige Hand krallte sich um den Lauf des Stutzens. „Net einmal vor dem Revier des eigenen Vaters macht er halt, der gewissenlose Lump."

Der Jägergirgl bückte sich nach seinem Hut und drückte ihn auf die kurzgeschorenen, stoppeligen Haare. Schwerfällig erhob er sich, hing den Stutzen über die Schulter und machte sich an den Abstieg. Er glaubte zu wissen, was er jetzt zu tun hatte. Aus seiner Miene war finstere Entschlossenheit herauszulesen.

Nach einer Stunde langte er unten im Tal an und machte sich sofort auf den Weg ins Dorf. Er suchte die Bürgermeisterei auf. Im Flur stieß er mit dem Dorfoberhaupt zusammen, das ihn lärmend begrüßte und sich darüber beschwerte, daß der gemeinsame Dämmerschoppen schon seit längerer Zeit ausgefallen war. Girgl schützte viel Arbeit im Revier vor und versuchte den gesprächigen Bürgermeister loszuwerden. Doch dessen Redelust war noch nicht erschöpft.

„Gestern hab ich dem Loichinger beim Schafkopfen neun Mark abgenommen", berichtete er stolz. Dann plagte ihn die Neugierde. „Was suchst denn überhaupt in der Kanzlei, Girgl?"

„Mit dem Hansl hab ich ein paar Wörtl zu wechseln", erklärte der Angesprochene ungeduldig.

„Also mit deinem Sprößling bin ich sehr zufrieden, Freund", lobte der Bürgermeister. „Er ist ein williger Bub, dem die Arbeit gut von der Hand geht."

„Das freut mich." Die gerunzelte Stirn des Jägers ließ wenig Freude erkennen. Das merkte nun auch sein Gesprächspartner und empfahl sich. Girgl ging den Flur entlang und betrat das Schreibzimmer, in dem sein jüngster Sohn über eine Akte gebeugt saß.

Hansl hob den Kopf. „Du, Vater?" wunderte er sich. „Ich kann mich net erinnern, dich schon einmal in der Kanzlei gesehen zu haben. Ist was passiert?"

Der Jäger machte eine abwehrende Handbewegung. „Frag net lang. Sag mir lieber, wo der Vitus wohnt, seitdem er bei uns ausgezogen ist."

„Die Berndanerin hat ihm in ihrem Häusl zwei Stuben vermietet, hab ich gehört", gab Hansl Auskunft. „Aber um die Zeit ist er wohl in seinem Laden anzutreffen. Willst mir net sagen, was ..."

Bevor der Sohn den Satz beenden konnte, hatte der Vater schon den Raum verlassen. Mit weit ausgreifenden Schritten überquerte er den Marktplatz und bog in die Seilergasse ein, wo Vitus seine Waren verkaufte. Einen Moment blieb Girgl vor dem etwas blinden kleinen Schaufenster stehen. Die Mundwinkel bogen sich verächtlich nach unten, als sein Blick über die feilgebotenen Gegenstände flog. Dann drückte er die Klinke nieder. Eine Glocke kündigte scheppernd seinen Eintritt an. Aus dem Hintergrund tauchte eine blasse, ältere Frau auf, die, wie Girgl wußte, schon seit längerer Zeit den Laden hütete, wenn Vitus abwesend war.

„Grüß dich, Anwander", sagte die Frau. „Wenn du den Vitus suchst, der ist daheim." Sie machte dabei ein Gesicht, als würde sie ein großes Geheimnis verraten.

„War er in den letzten zwei Stunden im Laden oder sonstwo im Dorf?" fragte der Jäger schnell.

Die blasse Frau schüttelte den Kopf. „Er ist

heut früh bloß auf einen Sprung dagewesen und hat gesagt, er müßt heimgehen, weil ihm der Kopf brummt." Sie lächelte. „Er wird halt gestern ein paar Krügl über'n Durst getrunken haben."

Girgl murmelte einen Dank und eilte aus dem Laden. Er wußte, wo die Berndanerin ihre Behausung hatte. Nach wenigen Minuten hatte er sie erreicht. Die Hausfrau schaute aus dem Fenster des Erdgeschosses, grüßte den Jäger und deutete mit dem Daumen nach oben.

„Im ersten Stock wohnt der Vitus", erklärte sie. „Aber es könnt sein, daß du ihm jetzt net recht gelegen kommst, Jägergirgl."

„Warum net?" fragte der Graubärtige mit rauher Stimme.

„Kannst dir's net selber denken?"

Girgl gab keine Antwort und eilte ins Haus. Immer zwei Stufen auf einmal nehmend, stürmte er die Treppe nach oben. Vor der ersten Tür blieb er stehen und holte tief Luft. Dann versuchte er die Tür zu öffnen, doch sie war verriegelt. Heftig schlug er mit der Faust gegen das Holz.

„Aufmachen, aber schleunig."

Eine Weile blieb alles ruhig. Girgl hob schon die Faust, um noch einmal zu klopfen, da näherten sich Schritte der Tür. Der Riegel knarrte. Im Türspalt tauchte der Kopf des älteren Jägersohnes auf. Die braunen Haare hingen ihm wirr in die Stirn. Sein Gesicht war ein großes Fragezeichen, als er den Vater erkannte.

„Da schau her", kam es verblüfft von Vitus' Lippen. „Hast du dich verlaufen, Vater?"

Wortlos drückte Girgl die Tür auf und schob den Sohn zur Seite. Er sah, daß dieser nur mit Hemd und Hose bekleidet war. Der Jäger blickte sich in dem kleinen Raum um, dessen Mobiliar darauf schließen ließ, daß er als Küche und Wohnstube zugleich diente.

Vitus hatte seine Verwunderung überwunden und stellte sich dicht vor den Vater hin, die Hände tief in die Hosentaschen vergraben. Herausfordernd schob er das Kinn vor. „Willst mir net endlich verraten, was für ein Lüfterl dich zu mir herweht, Vater?"

Girgl tat, als hätte er nicht gehört. Langsam ging er auf die Tür an der Seitenwand zu, die zum Nebenraum führte. Bevor er sie erreichte, war Vitus mit einem Sprung zwischen ihm und der Tür. Er breitete abwehrend die Arme aus.

„Da kannst net reingehen, Vater", rief er scharf.

„Wer soll mich daran hindern?"

„Ich! Du hast da drinnen nix zu suchen."

„Weg da, oder ich werd handgreiflich", knurrte der Jäger.

„Treib's net zu weit, Vater", schrie Vitus in höchster Erregung. „Wenn du die Hand gegen mich hebst, schlag ich zurück."

Er hatte das letzte Wort kaum ausgesprochen, da flog er in die Zimmerecke und stieß dabei einen Stuhl um. Mit einem Wutschrei sprang er vom Boden auf und stürzte auf den Vater zu. Die geballte Faust fuhr hoch. Doch ein Blick in die dunklen Augen des Vaters, die ruhig auf ihn gerichtet waren, ließ ihn zurückzucken. Der Arm sank kraftlos herab.

Girgl öffnete die Tür zum Nebenzimmer und blieb wie angewurzelt auf der Schwelle stehen. In der Mitte des Raumes, der als Schlafzimmer diente, stand eine junge Frau im Unterkleid. Sie wandte dem Jäger den Rücken zu und zog sich gerade einen grauen Kittel über. Als sie mit dem Zuknöpfen fertig war, drehte sie sich um und lachte den Jäger unbefangen an. Girgl erkannte sie. Es war die üppige Kellnerin Berta Gundl.

„Mir scheint, du hast vergessen anzuklopfen, Jägergirgl", sagte sie belustigt. „Daran sollte ein Mann in deinem Alter schon denken."

Der Angesprochene würdigte sie keiner Antwort. Sein Blick fiel auf das zerwühlte Bett. Er sah den Sohn an. „Wo warst du vor zwei Stunden, Vitus?"

Das eben noch vorn Zorn entstellte Gesicht des jungen Anwander entspannte sich. Sein Mund verzog sich zu einem breiten Grinsen. „Willst es wirklich wissen, Vater?" fragte er belustigt.

„Heraus mit der Sprach!" bekam er zur Antwort.

Vitus brach in brüllendes Gelächter aus, in das die Kellnerin kichernd einstimmte. „Im Bett bin ich gelegen. Und dafür hab ich sogar einen Zeugen."

„Die da?" Girgl wies mit dem Daumen auf das üppige Weib.

„Freilich. Wen sonst?" Vitus holte sein Etui aus der Tasche und steckte eine Zigarette in Brand. Behaglich blies er den Rauch durch die Nase. „Du bist wieder einmal hinter einem Wilderer her, Vater", sagte er ruhig. „Und auf wen fällt dein Verdacht? Auf mich." Er schüttelte den Kopf. „Das ist schon krankhaft, Vater. Willst mir net endlich glauben, daß ich mit der Wilddieberei nix zu schaffen hab?"

Die Miene des Jägers blieb unversöhnlich. „Ich war heut hinter einem her", sagte er schleppend, „der sich in der Figur kein bisserl von dir unterschieden hat. So fix wie er im Laufen war, ist im ganzen Tal bloß einer: du."

Hastig sog der junge Mann an seiner Zigarette und zerdrückte sie dann auf der Ofenplatte. „Jetzt langt's mir, Vater“, stieß er heiser hervor. „Wenn dich nix anderes hergeführt hat, dann geh.“

Die Gundl Berta schob sich hüftenschwingend an Vitus' Seite und legte eine Hand auf seine Schulter. „Wie kann man bloß dem eigenen Fleisch und Blut so unrecht tun, Jägergirgl?“ mokierte sie sich. „Zum Schießen taugt der Vitus gewiß net.“ Sie entblößte lächelnd ihre kräftigen Zahnreihen. „Aber sonst stellt er sich net dumm an“, fügte sie vielsagend hinzu.

„Halt 's Maul, dalkertes Weibsbild“, schnaubte Vitus und schüttelte die Hand der Kellnerin ab. Mit zwei Schritten war er an der Tür und riß sie auf. „Pfüat dich, Vater!“

Starr geradeaus blickend verließ Girgl die Stube. Von Zweifeln zerrissen stieg er die Treppe hinunter und trat aus dem Haus. Den Gruß der Berndanerin überhörte er und stapfte verwirrt die Gasse entlang. War der Verdacht, den er dem ältesten Sohn gegenüber hegte, am Ende doch ungerechtfertigt? Die Situation, die er in Vitus' Wohnung angetroffen hatte, ließ nur eine Deutung zu. Aber Vitus war ein gerissener Bursche. Wenn er der Wilderer war, wußte er auch, daß ihn der Vater erkannt hatte, denn Girgl hatte seinen Namen gerufen. Also konnte er auf seinen flinken Beinen hurtig zu Tal gerannt sein und sich eilig die willige Kellnerin ins Haus geholt haben, um bei einem Besuch des Vaters ein hieb- und stichfestes Alibi vorweisen zu können. Das Luder Berta log, wenn es sein mußte, das Blaue vom Himmel herunter, um dem hübschen Jägersohn gefällig zu sein.

Der Jäger biß die Zähne zusammen. „Und er war es doch“, kam es leise von seinen Lippen. „Mich führt der durchtriebene Kerl net hinters Licht. Mich net.“

Am Abend saß Hansl allein am Tisch und würgte lustlos Brot und Ziegenkäse hinunter. Der Vater war noch nicht nach Hause gekommen. Hansl schob den Teller weg und nahm aus dem riesigen Mostkrug einen langen Schluck. Der Most schmeckte ihm heute auch nicht.

Was sollte er an diesem Abend anfangen? Ein bißchen lesen oder gleich zu Bett gehen? Loni, die den ganzen Tag über seine Gedanken beherrscht hatte, war bis in die Nacht hinein im Kontor beschäftigt. Sie konnte er erst morgen wieder treffen. Hansl war für jede Stunde dankbar, die schon hinter ihm lag. Und die Minuten krochen zäh und langsam dahin. Eine lange Nacht und ein ganzer Tag lagen noch vor ihm bis zum Wiedersehen.

Der Bursche hielt es zu Hause nicht mehr aus. Er eilte aus der Stube, riß im Flur den Hut vom Haken, schlüpfte in den grauen Lodenjanker und schlug die Haustür hinter sich zu. Ziellos schlenderte er über Feldwege, betrachtete das Abendrot, das die Bergzinnen im Westen vergoldete, lauschte dem Gezwitscher eines Buchfinkenpaares und verfolgte mit den Augen eine kleine Eidechse, die rasch den sandigen Weg überquerte und zwischen den Halmen des Weizenfeldes verschwand. Der Posthalter Riederer radelte an ihm vorbei und rief ihm ein paar lustige Worte zu, die Hansl, sich zur Lustigkeit zwingend, erwiderte.

Seit dem vergangenen Tag, an dem er und Loni sich auf dem Festplatz gefunden hatten, war sein Leben verändert. Plötzlich gab es einen Menschen, dem sein Sinnen und Trachten galt. Dem sein Herz und seine Liebe gehörten. Er konnte nicht mehr begreifen, wie es ihm möglich gewesen war, so viele Jahre ohne sie zu verbringen, und wußte nur eines: Er durfte sie nie mehr verlieren.

Hansl ging über den Marktplatz von Riedersham und überlegte, sollte er links oder rechts abbiegen. Ohne sich bewußt zu sein, was er tat, ging er weiter geradeaus. Wenige Minuten später stand er am Dorfrand vor dem Wirtshaus „Zur Goldenen Krone“. In der herniedersinkenden Dämmerung war das angrenzende, langgezogene Brauereigebäude nur noch als dunkler Schatten zu erkennen. Der blonde Bursche blieb hinter einer Kastanie des Wirtshausgartens stehen, bis die Nacht völlig hereingebrochen war. Er wollte weder von Lonis Vater, einem der vielen Bediensteten noch von einem Gast erkannt werden.

Nur die Fenster der Gaststube waren erleuchtet. Stimmengemurmel und Gelächter drangen nach draußen. Hansl hob den Blick hinauf zu den unbeleuchteten Fenstern des Obergeschosses. Hinter welchem mochte ihr Schlafkämmerlein liegen? Auch wenn er sie heute nicht zu sehen bekam, das Gefühl, in ihrer Nähe zu sein, beglückte ihn.

Ein Bierseliger verließ das Haus und wankte durch den Vorgarten. Mit grölender Stimme sang er das Lied von den lustigen Holzhackern. Dann blieb er stehen und kramte in seinen Taschen. Hansl erkannte im matten Mondlicht, daß der Betrunkene die Hände leer aus den Taschen zog.

„Alles versoffen“, murmelte der Zecher erschüttert. „Jetzt gibt's wieder tagelang Kraut und Rüben und kein Stückl Fleisch.“ Niedergeschlagen torkelte er weiter. Die Dunkelheit verschluckte ihn.

Der junge Anwander schlich um das Haus herum. Er wollte sehen, ob auf der Rückseite ein Licht brannte, das nicht aus der Gaststube kam. Loni hatte doch gesagt, daß sie lange zu arbeiten hatte. Hansl wußte nicht, wo das Kontor lag.

Plötzlich stand eine zierliche Gestalt wie aus dem Boden gewachsen vor ihm. Hansl zuckte erschrocken zusammen. Dann stieg ein heißes Glücksgefühl in ihm auf. Der Mondschein reichte aus, um ihn erkennen zu lassen, wen er vor sich hatte.

„Loni? Herzkäferl? Bist du's wirklich?" stammelte er fassungslos vor Freude.

Die Wirtstochter lachte leise. „Freilich bin ich's, du Lieber. Oder komm ich dir am End wie ein Gespenst vor?"

Er griff nach ihren zarten Oberarmen und drückte sie leicht. „Wahrhaftig net, Schatzl", erklärte er glücklich. „Aber ich hab halt keinen Funken Hoffnung gehabt, dich heut noch zu sehen."

„Erst vor einer Viertelstund' bin ich mit der Arbeit fertiggeworden", berichtete das Mädchen. „Vor dem Zubettgehen wollt ich noch ein bisserl frische Nachtluft schnappen."

„Das war eine Prachtidee", rief Hansl entzückt und lauter, als es die Heimlichkeit dieser nächtlichen Begegnung erlaubte.

„Pssst!" Loni drückte ihm rasch einen Finger auf die Lippen und schaute besorgt nach allen Seiten. „Denk an meinen Vater. Der hat für dich kein gutes Wörtl übrig." Sie faßte ihn am Ärmel und zog ihn mit sich. Das junge Paar tappte an der Mauer des Brauereigebäudes entlang, an einer dunklen Toreinfahrt vorbei bis zu einem Türchen. Loni drückte auf die Klinke. Erleichtert stellte sie fest, daß die Tür unverschlossen war. Die Schwarzhaarige ermahnte ihren Begleiter zur Vorsicht, um in der gähnenden Finsternis nicht gegen irgendwelche Gegenstände zu stoßen, da es sich hier um einen Lagerraum handle. Ihre Mahnung kam zu spät. Hansl rieb sich schon das schmerzende Schienbein.

Endlich blieb Loni stehen. „Setz dich, Bub", flüsterte sie. „Da liegt ein Haufen Filzmatten."

Der blonde Bursche tat, wie ihm geheißen. Das Mädchen nahm neben ihm Platz. Er legte den Arm um ihre Hüften, und sie lehnte den Kopf an seine Schulter. Hansl fühlte sich wie im siebten Himmel. Er hätte stundenlang so sitzen mögen, schweigend, nur ihre Nähe spürend.

„Ich hab dich ja so lieb, Loni", hauchte er nach einer geraumen Weile. „Ein Dichter müßt ich sein, um dir sagen zu können, wie lieb ich dich hab."

„Das weiß ich ja, mein guter Bub", murmelte die Wirtstochter, und ein wenig Ungeduld war aus ihren Worten herauszuhören. „Aber du sollst es mir net bloß sagen, sondern auch zeigen." Sie umfaßte sein Gesicht mit beiden Händen. Ihr Mund preßte sich auf den seinen. Brennend. Fordernd.

Das Herz des jungen Mannes schlug heftig gegen die Rippen. Das Blut stieg ihm zu Kopf bis unter die Haarwurzeln. Empfindungen überkamen ihn, die er vorher noch nicht gekannt hatte. Seine Lippen saugten sich an den ihren fest. Die Hände fingen an, tastend über den weichen Mädchenkörper hinwegzugleiten, ohne daß es ihm bewußt wurde. Er stammelte Worte, die er selber nicht verstand. Eine Woge aus Glut und Leidenschaft schlug über ihnen zusammen.

Hansl wußte nicht, wie weit die Nacht fortgeschritten war. Still lagen die beiden jungen Menschen nebeneinander. Nur ihre Fingerspitzen berührten sich. Doch ein unsichtbares Band umschlang sie. Dieses Band hieß Liebe. Tiefe, echte Liebe.

★

Vier Wochen zogen über das Tal hin. Auf den Feldern sprießte das Saatgut zart und jung aus der braunen Erde. Die Wiesen standen in saftigem Grün. An Bäumen und Sträuchern zeigten sich die ersten Triebe. Schlüsselblumen und Osterglocken blühten farbenfroh an den Feldrainen. Die Schwalben durchstreiften die Lüfte nach Insekten, um die aufgerissenen Schnäbel der hungrigen Brut zu stopfen. Das verschwiegene Brennachertal hatte sein buntestes, schönstes Frühlingskleid angelegt.

Auch in den Herzen von Loni und Hansl war Frühling. Sie erlebten mit offenen Augen einen wunderschönen Traum. Kaum ein Tag verstrich, an dem sie sich nicht trafen. Die Abende gehörten ihnen beiden. Hand in Hand unternahmen sie weite Spaziergänge über Wiesen und Felder. Stundenlang saßen sie am Ufer des Riedbaches und lauschten dem verspielten Glucksen der kleinen Wellen. Jeder Augenblick, den sie gemeinsam verlebten, war ihnen kostbar wie ein Juwel.

Von Hansls Schüchternheit und Gehemmtsein war nichts mehr übriggeblieben. Die Liebe hatte ihn total verwandelt. Er war ein gelöster junger Mann geworden, der sein Glück in vollen Zügen genoß und sich unbeschwert des Lebens freute.

Schmunzelnd registrierte der Jägergirgl die Veränderung, die an seinem jüngeren Sohn festzustellen war. Er kannte auch den Grund. Ein paarmal hatte das junge Paar nach Spaziergängen im Jägerhäuschen Einkehr gehalten. Bei einem Krug Most oder einer guten Flasche Tiroler Rotem verbrachten sie so manches fröhliche Stündchen. Loni gewann den verschmitzten und graubärtigen Waidmann von Mal zu Mal lieber.

Anders verhielt es sich mit ihrem Vater, dem geldschweren Wirt und Brauereibesitzer. Ihm war von verschiedenen Seiten zugetragen worden, daß seine Tochter bemerkenswert oft an Hansls Seite gesehen wurde, obwohl die beiden mit Vorliebe versteckte Plätzchen aufsuchten. Doch der Neugier der Dörfler entging man so leicht nicht. Hugo Weinisch hielt der Tochter lautstark Standpauken und versuchte es auch mit gütlichem, geduldigem Zureden. Doch das bildhübsche Mädchen lächelte nur und versicherte, ihr Herz hätte entschieden, und dagegen sei man nun einmal machtlos. Da blieb dem Wirt nichts anderes übrig, als mit finsterem Gesicht zur Obstlerflasche zu greifen und den Kummer zu ertränken.

Es hatte den ganzen Tag über geregnet. Erst kurz vor Sonnenuntergang hatte der auffrischende Wind die Wolkendecke auseinandergerissen. Die letzten schrägen Strahlen huschten über die nassen Fluren, und die Tropfen glitzerten auf den Gräsern. Die Feldmäuse streckten die kleinen Köpfe aus den Löchern, um noch ein wenig Sonnenschein zu erhaschen.

Loni und Hansl blieben vor einem Marterl stehen, auf dem in laienhafter Versform geschrieben stand, daß an dieser Stelle vor hundert Jahren die Bäuerin Kreszentia Deiglmeier vom Feldwagen gestürzt war und sich das Genick gebrochen hatte. Der vorbeikommende Wanderer wurde um ein Vaterunser gebeten.

„Ich hab schon Angst gehabt, der Himmel tät uns den Abendspaziergang verregnen", sagte Loni und schmiegte sich an den blonden Burschen. „Aber Petrus hat ein Einsehen gehabt und rechtzeitig den Wasserhahn zugedreht."

„Dann hätten wir uns halt bei mir zu Haus getroffen", antwortete Hansl. „Der Vater freut sich allweil, wenn er dich sieht."

„Ich mag ihn auch. Und bei euch ist's wirklich gemütlich. Aber am liebsten gehe ich mit dir über die Felder. Mit dir allein." Sie stellte sich auf die Zehenspitzen und bot ihm die gespitzten Lippen zum Kuß. Hansl beugte sich zu ihr hinab und küßte sie innig.

Das Paar ging untergehakt weiter. „Manchmal frag ich mich, ob ich soviel Glück überhaupt verdient hab, Schatzl", sagte der junge Anwander. „Bin ich gut genug für deine Lieb?"

Loni strahlte ihn an und nickte heftig. „Du bist es, mein guter Bub. Einen Bessern als dich könnt ich gar net finden." Wieder küßten sie sich.

Hansl erzählte ein paar lustige Begebenheiten aus der Gemeindekanzlei, über die ausgefallenen Sorgen und Wünsche mancher Dörfler, und Loni lachte herzlich.

„Dem Hallhuber seine Säue gehen jeden Tag im Gemüsegarten vom Schleinkofer spazieren. Jetzt hat der Schleinkofer den Bürgermeister aufgefordert, er soll dem Hallhuber gut zureden, daß er einen hohen Zaun baut. Doch der Hallhuber meint, der Schleinkofer brauchte in seinem Gemüsegarten bloß eine Tafel aufzustellen, auf der ‚Betreten verboten' steht. Dann sei der ganze Ärger gleich vorbei. Denn seine Säue können allesamt lesen."

Loni liefen die Heiterkeitstränen über die Wangen. Sie zog ihr Tüchlein aus dem Mieder und wischte sich die rehbraunen Augen trocken. Sie und Hansl steuerten auf die Wegkreuzung zu, wo unter der alten, dicken Akazie eine Bank stand. Dort hatten sie schon so manches Mal gesessen. Wenn die Bank trocken genug war, wollten sie auch heute Platz nehmen, um den Einbruch der Nacht abzuwarten.

Sie waren noch etwa fünf Schritte von der Akazie entfernt, da trat ein üppiges, dunkelblondes Weib hinter dem Stamm hervor. Heftig die rundlichen Hüften schwingend, näherte es sich dem jungen Paar. Der sinnliche Mund verzog sich zu einem herausfordernden Lächeln.

„Berta?“ wunderte sich die Wirtstochter. „Was treibt dich denn hierher?“

Das Lächeln wich aus dem nicht unschönen Gesicht der Kellnerin. „Die Eifersucht, Loni“, erwiderte sie scharf. „Ich lass mir meinen Herzbuben net so mir nix dir nix vor der Nase wegschnappen. Auch net von der Tochter meines Dienstherrn. Merk dir das.“

Loni und Hansl schauten sich verständnislos an. Das schwarzhaarige Mädchen schüttelte den Kopf. „Ich versteh kein Wörtl, Berta. Erklär mir das bittschön genauer.“

Die Bedienerin machte böse Augen. „Stell dich net dümmer, als du bist, falsches Luder“, schimpfte sie. „Du weißt genau, wovon ich red.“

Wieder trafen sich die ratlosen Blicke des jungen Paares. Loni hob die Arme und ließ sie wieder fallen. Eine zarte Röte färbte ihre Wangen. „Die muß den Verstand verloren haben. Einen anderen Reim kann ich mir beim besten Willen auf das Geschwätz net machen.“

Berta Gundl trat noch einen Schritt näher. Ihr Kopf beugte sich vor. Die zusammengekniffenen Augen schossen wütende Blicke ab. Mit ausgestrecktem Finger deutete sie auf den Jägersohn. „Willst gar leugnen, daß du mit dem Anwander Hansl ein Techtelmechtel hast?“ zischte sie. „Zu mir kann er freilich erst spät in der Nacht kommen, wenn ich mit dem Bedienen fertig bin. Aber die Stunden vorher treibt er sich mit dir herum.“

Hansl fiel aus allen Wolken. Er riß die Augen auf. Sein Mund stand weit offen. Krampfhaft schluckte er. Es dauerte eine ganze Weile, bis er stotternd hervorbrachte: „Das … das Weibsbild ist … ist wahnsinnig geworden. Ich … ich kenn sie bloß vom Sehen und hab mit ihr noch keine zwanzig Wörtl geschwatzt.“

Die Kellnerin lachte hohntriefend. „Schau den Duckmäuser an“, rief sie laut. „Der hat's faustdick hinter den Ohren. Wahrscheinlich hat er dir auch den Ehestand versprochen, wie mir.“

Der blonde Bursche hatte seine Fassung wiedergefunden. Die Kellnerin keines Blickes würdigend, wandte er sich an Loni: „Die treibt ein hinterfotziges Spiel mit uns, Dirndl“, sagte er eindringlich. „Du wirst ihr doch hoffentlich net glauben?“

Loni lächelte ihn an. Aus ihrem Blick sprach Vertrauen. „Keinen Buchstaben glaub ich ihr“, sagte sie leise. „Aber wissen möcht ich, warum sie sich diese Niedertracht ausgedacht hat.“

„Komm, Dirndl!“ Hansl legte den Arm

um ihre Schultern und wollte sie wegführen, da vertrat ihnen die Bedienerin den Weg.

„Ich bin noch net am End, Loni", stieß sie hervor. „Das, was ich behaupte, kann ich auch beweisen."

„Verschwind, bevor ich vergess, daß du ein Frauenzimmer bist", fuhr Hansl sie an.

Berta ließ diese drohende Geste unbeachtet. Ihr Blick war auf die Wirtstochter gerichtet. „Er hat ein Muttermal, der Anwander Hansl. Das sitzt an einer Stell ..." Berta beugte sich schnell vor und raunte Loni ein paar Worte ins Ohr, die aber laut genug waren, um auch von Hansl verstanden zu werden.

Lonis Gesicht lief dunkelrot an. Hilflos und zweifelnd suchten ihre Augen die des blonden Burschen. Ihre Hand zitterte leicht, als sie sich eine schwarze Haarsträhne aus der Stirn wischte.

Der Sohn des Jägergirgl stand wie erstarrt an seinem Platz. „Das stimmt", stammelte er verwirrt. „Aber woher, woher ..." Aufgeregt zerrte er an seinem Hemdkragen.

Loni senkte den Kopf. Behutsam löste sie sich aus Hansls Arm. Ihre kleinen Füße setzten sich in Bewegung. Hansl blieb an ihrer Seite und redete mit den Armen gestikulierend auf sie ein. Da hob die Wirtstochter den Kopf. In ihrem Blick lagen soviel Schmerz,

Trauer und Verachtung, daß Hansl förmlich zurückprallte. Er blieb stehen. Sein Mund öffnete sich, doch kein Wort kam über seine Lippen. Die Augen folgten der zierlichen Mädchengestalt, bis diese hinter einer Birkengruppe verschwunden war.

Die Erstarrung löste sich. Zornbebend wirbelte er herum und sah, wie die Kellnerin Berta Gundl auf dem Feldweg dahinlief, der zum Dorf führte. Mit geballten Fäusten hastete er hinter ihr her.

Die Dämmerung war der Nacht gewichen, als Berta in die Seilergasse einbog, wo Vitus Anwanders Laden lag. Durch die Wolkenlücken glitzerten ein paar Sterne. Die Laternen in der schmalen Gasse verbreiteten ein trübes Licht.

Trotz der späten Stunde war der Laden noch erleuchtet. Die Glocke schlug schrill an, als Berta die Tür aufstieß, und klingelte ein zweites Mal, als die Tür krachend ins Schloß fiel.

Aus dem Hintergrund trat Vitus hervor. Sein hübsches Gesicht drückte erwartungsvolle Neugier aus.

„Hast sie angetroffen?" fragte er und konnte seine Wißbegier kaum noch zügeln. „Red schon und laß dir net jede Silbe aus deinem hübschen Hals ziehen."

Berta nickte nur. Mit ihrer grauen Schürze

wischte sie sich den Schweiß von Stirn und Wangen. Dann nahm sie ihm die brennende Zigarette aus der Hand und sog gierig den Rauch in die Lungen. Mehrere Minuten verrannen, bis sie sich einigermaßen beruhigt hatte.

„Eine solche Schuftigkeit begeh ich kein zweites Mal, das schwör ich dir, Vitus", kam es gepreßt aus ihrem Mund. „Dafür mußt du dir in Zukunft schon eine andere Dumme suchen."

Mit einem siegessicheren Lächeln schloß sie der hochgewachsene junge Mann in die Arme und drückte sie an sich. „Ich weiß, du hast es aus Lieb zu mir getan, Goldkäferl", schmeichelte er. „Aber jetzt erzähl. Wie ist es zugegangen?"

Die Kellnerin fand langsam ihre gute Laune wieder. Kichernd löste sie sich aus seinen Armen und setzte sich auf das Ladenpult. „Kein Wörtl hat sie geglaubt, die Weinisch Loni, bis ich das Muttermal ins Spiel gebracht hab. Dann freilich war Schluß mit der Gutgläubigkeit." Sie tippte dem Burschen mit dem Finger leicht auf die Nasenspitze. „Es war schon ein raffinierter Einfall von dir. Bist ein ausgekochtes Früchterl, Vitus. Aber jetzt hab ich mir wohl ein Busserl verdient."

„Zwei sogar", versprach der braunhaarige junge Mann scherzend. Er ließ dem Versprechen die Tat folgen und küßte die Bedienerin, bis ihr die Luft wegblieb. Als sie sich atemlos aus seiner Umarmung befreite, tönte die Ladenklingel. Beide fuhren herum und starrten entgeistert den jüngeren Anwandersohn an.

Hansl schlug die Tür hinter sich zu. Er stemmte die Fäuste in die Hüften. Sein Mund war nur noch ein schmaler Strich. Die sonst so gutmütigen hellblauen Augen wirkten stahlhart. Die Backenknochen mahlten vor unterdrückter Erregung.

„Hab ich mir doch gedacht, daß du dahintersteckst, du gewissenloser, ausgekochter Mistkerl", knirschte er. „Keine Lumperei ist dir zu groß."

Vitus räusperte sich. Seine Selbstsicherheit kehrte zurück. „Was redest du da, Bürschl?" fragte er rauh. „Hast wohl ein bisserl zu tief ins Mostkrügl hineingeschaut?"

„Die tiefe, ehrliche Lieb, die die Loni und mich verbunden hat, war dir ein Dorn im Aug, Brüderl", keuchte Hansl zornbebend, „weil dir alles Gute und Ehrliche zuwider ist." Sein Blick flog über die beiden hin. Angewidert spuckte er aus. „Ein sauberes Pärchen hat sich da zusammengefunden. Pfui Teufel!"

„Jetzt hab ich aber genug", schrie Vitus. Sein Finger zeigte zur Tür: „Geh hinaus, oder ich lass dich fliegen!"

Der jüngere Anwander schüttelte den Kopf. „Nur wenn die da mit mir geht und der Loni beichtet, wie's wirklich gewesen ist."

„Net um alles in der Welt", entfuhr es erschrocken der Üppigen.

„Gut", knurrte Hansl, „dann soll der Anstifter selber mitkommen. Eher rühr ich mich net vom Fleck."

Langsam setzte Vitus ein Bein vor das andere und kann immer näher. „Das wollen wir doch sehen", sagte er. Sein Gesicht verzerrte sich. Die Brüder standen sich dicht gegenüber, feindselig, unversöhnlich.

Vitus packte Hansl an der Joppe, schüttelte ihn und gab ihm einen Stoß, daß der Jüngere rückwärts bis zur Tür taumelte. Er fing sich und kam langsam auf den Älteren zu. Dieser deutete einen Schlag zum Kopf an, jedoch seine andere Faust schnellte vor und bohrte sich in Hansls Magengrube. Hansl krümmte sich. Ein Stöhnen entrang sich seinem Mund. Doch gleich darauf richtete er sich blitzschnell auf und holte zu einem gewaltigen Schwinger aus. Vitus duckte sich. Der Schlag fuhr über seinem Kopf wirkungslos durch die Luft. Aber der nächste traf und erschütterte den Bruder ziemlich.

Vitus brachte sich außer Reichweite, doch Hansl folgte ihm und konnte einen weiteren

Treffer verbuchen. Vitus schlug zurück, streifte aber nur Hansls Wange. Im Rückwärtsgehen stieß er an ein offenes Regal, in dem eine Anzahl hölzerner Figuren aufgestellt waren. Die Hand des Ladenbesitzers umklammerte einen geschnitzten Holzfäller und donnerte ihn dem Bruder auf den Kopf.

Hansls Schädel dröhnte. Vor seinen Augen tanzten rote Ringe. Er spürte, wie die Knie weich wurden. Doch seine unbändige Wut ließ ihn diese Schwäche überwinden. Wild stürzte er sich auf Vitus und schleuderte ihn nach hinten. Vitus prallte gegen ein schwarzlackiertes Postament, auf dem eine Vase stand. Das Postament schwankte hin und her. Die große, schwere Vase fiel herunter.

Vitus lag am Boden zwischen den Scherben und rührte sich nicht mehr. Schreiend lief Berta zu ihm hin und kniete nieder. Von Vitus' braunem Haaransatz lief ein Blutrinnsal über die Schläfe und tropfte auf den Boden. Berta hob den Kopf. Ihre Augen richteten sich anklagend auf Hansl, der heftig atmend danebenstand.

„Du hast ihn umgebracht!" kreischte sie. „Mörder! Mörder!"

Hansl beugte sich hinab und sah, daß Vitus' Augenlider zu zucken begannen. „Hör auf zu schreien, hysterisches Frauenzimmer", brummte er. „Der Vitus hat einen harten Schädel. Er ist bloß betäubt."

Als wollte dieser die Worte des Bruders bestätigen, schlug er die Augen auf. Sein herumirrender Blick fiel auf Hansl. Sofort kehrte die Erinnerung zurück. „Ist der Rotzbub immer noch da?" krächzte er. „Hinaus mit ihm." Dann griff er sich an den Kopf und ließ einen leisen Schmerzenslaut hören.

Schweigend drehte Hansl sich um und verließ den Laden. Draußen blickte er hinauf zum Himmel. Die Wolkenlücken hatten sich wieder geschlossen. Kein Stern war zu sehen. Langsam wanderte er die nächtliche Seilergasse entlang. Niemand kreuzte seinen Weg, nur eine Katze huschte in eine Toreinfahrt.

Währenddessen bemühte sich Berta um den älteren Anwandersohn. Sie drückte ein feuchtes Tuch auf die Kopfwunde. Danach riß sie ein Handtuch in Streifen und legte dem Lädierten einen provisorischen Verband an. Stöhnend erhob sich Vitus und wankte zum einzigen Stuhl. Er verlangte nach der Enzianflasche, und Berta brachte sie ihm, Vitus nahm einen kräftigen Schluck, der seine Lebensgeister sofort mobilisierte.

„So, jetzt geht's mir wieder gut", sagte er und zwinkerte dem vollbusigen Mädchen zu.

„Mir fällt ein Felsbrocken vom Herzen",

rief Berta erleichtert. Ihre Freude hatte außer ihrer Sympathie für den Ladenbesitzer auch einen eigennützigen Grund, den sie auch gleich zur Sprache brachte.

„Wie soll's jetzt weitergehen mit mir? In der ‚Goldenen Krone' kann ich mich nimmer blicken lassen. Die Loni tät mich mit der Schöpfkelle hinausstauben."

Vitus zündete sich eine Zigarette an und überlegte mit griesgrämigem Gesicht. „Na ja", kam es verdrossen von seinen Lippen, „hilfst halt im Laden und im Lager ein bisserl mit. Wirst dich schon net zu dumm anstellen."

Jubelnd fiel ihm die Üppige um den Hals, und er hatte Mühe, sie wegzudrängen, denn jede Erschütterung erhöhte seine Kopfschmerzen. „Net so wild, Madl!"

„Jetzt kann ich noch viel mehr in deiner Näh sein", freute sich Berta. „Wirst sehen, wie gut du dich an mich gewöhnst."

Vitus drehte die Augen zur Ladendecke hoch und brummte ein paar Worte, die Berta zu ihrem Glück nicht verstand. Dann löschte er das Licht, verschloß den Laden und machte sich auf den Heimweg, wobei er sich mehr auf Berta stützen mußte, als ihm lieb war.

★

An den kommenden Abenden versuchte Hansl alles mögliche, um Loni zu treffen und eine Aussprache mit ihr herbeizuführen. Stundenlang schlich er um die Wirtschaft ihres Vaters herum, oft bis in die sinkende Nacht hinein. Doch er bekam nicht einmal den Zipfel ihres Schürzenbandes zu sehen. Dafür hatte er unliebsame Begegnungen mit dem Hauspersonal und Bediensteten der Weinischbrauerei, denen die herumschleichende Männergestalt nicht ganz geheuer vorkam. Als er mit sehnsuchtsvollen Blicken das Lagerraumtürchen anstarrte, hinter dem er eine so überaus glückliche Stunde mit Loni verbracht hatte, packte ihn eine kräftige Männerfaust am Kragen.

„Dich beobacht ich jetzt schon zum dritten Mal, du Hallodri", stieß der muskulöse, breitschultrige Braubursche drohend hervor. „Bist wohl aufs Stehlen aus?"

Verstört beteuerte Hansl seine Arglosigkeit und suchte krampfhaft nach einer plausiblen Erklärung für seine Anwesenheit. Doch es fehlte ihm an den richtigen Worten. „Das Türl hab ich halt angeschaut", würgte er schließlich hilflos hervor. „Das wird doch noch erlaubt sein."

„Aha!" Die Faust des Brauknechts zerrte noch kräftiger an Hansls Kragen. „Weil du's auf den Lagerraum abgesehen hast, wo allerhand zu holen ist, drum interessiert dich das Türl", behauptete der Muskelbepackte und schob Hansl vor sich her. „Alles Weitere kannst dem Wirt erzählen."

Hansl sträubte sich mit Händen und Füßen, bat und flehte, doch gegen diesen Kraftmenschen war jeder Widerstand sinnlos. Der blonde Bursche fing zu schwitzen an, als er an die bevorstehende Begegnung mit Hugo Weinisch dachte. Durch das Auftauchen der zwei Zentner schweren Köchin blieb ihm diese Erniedrigung erspart.

„Wen schleppst denn du da herum, Egid?" wollte sie neugierig wissen und watschelte näher.

Der Brauknecht blieb stehen, ohne den Griff zu lockern, mit dem er Hansl festhielt. „Einen, der die Dieberei im Sinn hat", gab er Auskunft. „Dauernd schleicht er auf und ab. Aber dem legen wir das Handwerk."

Als sie nahe genug heran war, machte die Köchin große Augen. „Du dummer Dalk", schalt sie den verdutzten Knecht aus.

„Das ist der Sohn vom Jägergirgl. Mit der Loni ist er auch gut bekannt. Da macht eher jeder andere lange Finger als der."

„So?" Widerwillig gab der Brauknecht sein Opfer frei. Er hob die Schultern und erklärte ohne großes Bedauern: „In der Dunkelheit kann man schon einmal den Falschen erwischen." Er vergaß, sich zu entschuldigen, und trabte davon.

Am sechsten Abend hielt es Hansl nicht mehr aus und trat in die Gaststube ein, wovor er sich bisher gescheut hatte. Kaum ein Dutzend Gäste waren anwesend, von denen einige dem blonden Burschen freundlich den Gruß entboten. Hansl setzte sich an einen kleinen Tisch in der Ecke. Sein erster Blick hatte der Theke gegolten, doch der Wirt war nicht zu sehen.

Kathi, eine Fuhrmannswitwe, die seit Berta Gundls Fortbleiben aushalf, bis eine neue Bedienerin gefunden war, stellte sich vor ihn hin und schmunzelte. „Darf's eine Maß sein, oder wartest bloß auf jemand?"

„Auf wen denn?" fragte Hansl stirnrunzelnd.

„Aber geh, Bübl", lachte sie gutmütig. „Das schnattern doch die Enten im Riedbach, daß der jüngste Anwander mit der Weinischtochter verbandelt ist."

„Bring eine Maß und red net soviel", sagte er ungehalten. Dabei ließ er keinen Blick von der Tür hinter dem Schanktisch. Inständig hoffte er, sie möge sich öffnen und ein schwarzhaariges Mädchen einlassen. Ein schwarzhaariges Mädchen mit rehbraunen Augen, das er mehr liebte als sich selbst.

Diese Hoffnung erfüllte sich nicht. Die Tür

öffnete sich zwar, aber nicht Loni tauchte auf, sondern ihr Vater. Dieser trat an den Schanktisch. Sein Blick schweifte durch das Lokal und blieb an Hansl hängen. Der Jägersohn glaubte zu sehen, wie sich zwischen den Brauen des Wirts eine steile Falte bildete. Hansl griff mit nervösen Fingern nach seinem Maßkrug und trank. Darauf stellte er den Krug auf den Tisch zurück und wischte sich mit dem Handrücken den Mund ab. Der Blick des Wirts ruhte immer noch auf ihm. Das erhöhte seine innere Unruhe. Wieder griff er zum Krug und nahm einen langen Schluck. Die Augen des Wirts ließen nicht von ihm ab.

Sein Trotz regte sich. Er lehnte sich betont lässig zurück und trommelte mit den Fingerspitzen auf die Tischplatte. Darauf bestellte er bei der Bedienerin lautstark ein Zigarillo, obwohl er sonst nie rauchte. Nachdem er es in Brand gesteckt hatte, fing er fürchterlich zu husten an. Der Blick des Wirts war immer noch auf ihn gerichtet.

Hansl glaubte, sein Herzklopfen müßte an den andern Tischen zu hören sein. In seiner Ratlosigkeit verlangte er Schnaps. Die Kellnerin ging zum Schanktisch, goß ein Gläschen voll und stellte es auf ein Tablett. Sie nahm das Tablett, um es Hansl zu bringen. Da griff der Wirt, ohne ein Wort zu verlieren, zu. Er trug den Schnaps an Hansls Tisch und stellte ihn schweigend ab. Hansl biß sich auf die Lippen und schaute zögernd zu dem großen, gewichtigen Mann auf.

Ruhig sagte Hugo Weinisch: „Anwander, du kannst bei mir dein Bier und deinen Schnaps trinken so gut wie jeder andere Gast. Und wenn du damit fertig bist, dann zahlst du deine Zeche und gehst wie jeder andere Gast. Nix weiter."

Er wollte sich gerade umdrehen, um sich zurück zum Schanktisch zu begeben, da faßte ihn Hansl am Ärmel. „Lassen Sie mich ein Wörtl mit der Loni reden, Herr Weinisch", bat er mit heiserer Stimme. „Es muß sein. Ich bitt gar schön."

Der Brauereibesitzer schüttelte den Kopf. „Nein, Anwander. Ich weiß, daß mit dir und der Loni Schluß ist, wenn ich auch den Grund net kenn. Aber ich bin froh darüber. Eure Liebschaft hätt zu nix Gutem geführt."

Hansl schaute den Wirt mit traurigen Augen an. „Was haben Sie gegen mich, Herr Weinisch?" begehrte er zu wissen.

Der Angesprochene legte Hansl seine große, schwere Hand auf die Schulter. „Gar nix, Anwander", sagte er nicht unfreundlich. „Ich glaub, du bist ein rechtschaffenes Bürschl." Er machte eine kleine Pause. „Aber du bist net der Mann, den ich mir für meine Tochter wünsch. Jetzt trink deinen Schnaps und geh heim. Es ist gut so, wie's ist." Gemächlich ging er zum Schanktisch zurück.

Der blonde Jägersohn starrte den breiten Rücken an, der sich von ihm entfernte. Dann leerte er das Gläschen in einem Zug, warf ein paar Münzen auf den Tisch und verließ grußlos die Gaststube. Draußen im Wirtsgarten blieb er stehen und atmete tief die würzige Nachtluft ein. Mit hängenden Schultern schlurfte er dahin. Die silberne Mondsichel beschien den Weg, den er zu gehen hatte. Hansl durchquerte das Dorf. Seine Schritte hallten durch die menschenleeren Gassen. Bald lag Riedersham hinter ihm. Wie im Traum stapfte er weiter und wunderte sich, als er plötzlich am Ufer des Riedbachs stand. Ohne es zu wissen und zu wollen, hatte er die Richtung zu Lonis Lieblingsplätzchen eingeschlagen. Hier hatten sie so manches Mal Hand in Hand in jenen glücklichen Abendstunden gesessen, die nun der Vergangenheit angehörten.

Er bückte sich, hob den Zweig einer Weide vom Boden auf und warf ihn ins Wasser. Bedrückt beobachtete er, wie die kleinen, gurgelnden Wellen den Zweig forttrugen. So war auch seine Liebe fortgeschwommen. Das Leben kam ihm nun wie eine leere Schale vor. Ohne Inhalt. War dieses Leben noch wert, weitergelebt zu werden? Vor zwei Jahren hatte sich ein zwanzigjähriger Bauernsohn aus der Nachbargemeinde im Heustadel aufgehängt. Das ganze Tal redete wochenlang darüber, und er, Hansl, hatte beim besten Willen nicht begreifen können, wie ein junger Mensch es fertigbrachte, sein Leben wegzuwerfen. Nun fing er langsam an zu verstehen, daß es auf dieser Welt Momente gab, wo man zu allem fähig war.

Mit dem Ärmel wischte er sich über die Stirn, als wollte er damit solche Gedanken verscheuchen. Das durfte er seinem Vater nicht antun. Nach Vitus' Weggang im Streit hatte der Vater niemand mehr außer ihm. Die Zeit heilt alle Wunden, heißt es. Diese Wunde würde wohl niemals ganz vernarben. Aber vielleicht tat sie eines Tages nicht mehr so weh.

Entschlossen trat er den Heimweg an. Ein kühler Wind blies durch das Tal. Leicht fröstelnd erreichte Hansl das Jägerhäuschen. In der guten Stube brannte noch Licht. Der Vater war also noch nicht zu Bett gegangen. Auf Zehenspitzen schlich sich der Bursche zur hölzernen Stiege, da seine Schlafkammer im Obergeschoß lag. Doch der alte Waidmann hatte immer noch scharfe Ohren. Die Tür schwang auf. Der Jägergirgl stand auf der Schwelle. In seinen dunklen Augen stand eine stumme Frage.

Hansl räusperte sich verlegen. „Ich bin hundemüd, Vater", erklärte er wenig überzeugend. „Ich freu mich schon aufs Bett. Gute Nacht." Er begann die Treppe hinaufzusteigen.

„Auf ein paar Minuten kommt's wohl net an, Hansl", sagte der Jäger. „Ich hab ein Flascherl vom guten Roten aufgemacht. Trink noch ein Schlückerl mit mir."

Der Sohn zögerte einen Augenblick. Dann kehrte er um und ging am Vater vorbei in die Stube. Dort setzte er sich dem Graubärtigen am Tisch gegenüber. Dieser füllte einen Kelch, den er wohl schon für die Heimkehr des Sohnes bereitgestellt hatte, mit funkelndem Wein.

„Prost, Bübl!"

Nachdem die beiden ungleichen Männer getrunken hatten, sagte der Vater: „So! Und jetzt red dir deinen Verdruß vom Herzen runter. Ich merk schon seit einer ganzen Weil, daß dich irgendwas schwer drückt."

„Das vergeht schon wieder", versuchte Hansl auszuweichen. „Jeder hat einmal eine Zeit, wo ihn das Schönste net freut."

Der Vater ließ nicht locker. „Du hast dich mit der Loni entzweit, gelt? Sie hat sich schon lang nimmer hier blicken lassen."

Hansl seufzte. Dann brach alles, was in seiner Brust wühlte und bohrte, wie ein Sturzbach aus ihm heraus. Er verschwieg nichts, weder die Szene mit Berta Gundl unter der Akazie noch die schlagkräftige Auseinandersetzung in Vitus' Laden. Auch die Zwiesprache mit dem Brauereibesitzer ließ er nicht unerwähnt.

„Sie hat kein Vertrauen mehr zu mir", sagte er mit dumpfer Stimme. „Und wo das Vertrauen fehlt, hat auch die Lieb keine Heimat."

Mit aufgestützten Ellbogen saß der Jäger am Tisch und paffte seine geliebte Pfeife. Die dunklen Augen schienen zu glühen. Die Flügel der Adlernase vibrierten leicht, was seine Erregung erkennen ließ. Minutenlang herrschte lähmende Stille im Zimmer. Schließlich legte Girgl die Pfeife auf die Tischplatte und sagte kaum hörbar: „Gar manche Schufterei hab ich deinem Bruder zugetraut, aber eine solche Gemeinheit net." Die Augen wurden zu schmalen Sehschlitzen. „Wir rükken schon noch einmal zusammen, er und ich. Dann wird abgerechnet." Girgl griff zur Flasche und füllte die beiden Gläser. Dabei beobachtete er seine Hand. Zu seiner Genugtuung zitterte sie nicht.

In einem Zug leerte Hansl das Glas und erhob sieh. „Jetzt wird's aber Zeit fürs Bett."

Er wünschte dem Vater eine angenehme Nachtruhe. Wenig später hörte dieser das Knarren der Treppenstufen.

Die Sonne stand schon im Zenit und brannte unbarmherzig herunter, als der Jägergirgl am nächsten Tag aus dem Schatten des Bergwalds hinaustrat und seine Blicke über das Latschenfeld schweifen ließ. Bald würde der Almenrausch wieder blühen, der das Lieblingsgewächs des Jägers war. Ein Sträußchen davon zierte jeden Sommer sein verwittertes Hütl.

Etwa in der Mitte der Latschenregion, die sich bis zu den nackten, steil aufragenden Felsen hinüberzog, lag ein gewichtiger, fast mannshoher Steinbrocken, in dessen Ritzen gelbliche Moospolster wucherten. Gemächlich schlenderte der Jäger darauf zu. Er war kaum noch zehn Schritte von dem Brocken entfernt, da sprang in dessen Schatten ein Mann auf und rannte wie ein Feldhase zickzack über das Latschenfeld. In der rechten Hand trug er ein langläufiges Jagdgewehr.

Girgl riß den Stutzen von der Schulter. Diese Gestalt kannte er. Sie war ihm erst vor kurzem, bei der Begegnung an der Jungfichtenschonung, entwischt. Girgl lief, so schnell ihn seine Säbelbeine trugen, doch das Spiel von damals schien sich zu wiederholen. Der Vorsprung vergrößerte sich immer mehr.

„Halt, oder es kracht!" schrie der grauhaarige Jäger.

Die Warnung blieb unbeachtet. Der hochgewachsene Wilderer hetzte dahin, auf seine Schnelligkeit vertrauend. Da blieb der Jäger stehen, riß seine Waffe an die Wange und zielte sorgfältig. Ein Schuß knallte, und ein Feuerstrahl fuhr aus der Mündung. Dicht neben dem Flüchtenden fuhr das Geschoß in den Boden. Latschennadeln wirbelten in die Höhe.

Diesmal war es um die Nerven des Wilderers nicht so gut bestellt. Heftig zuckte er zusammen und blieb dann wie angewurzelt stehen. Er ließ das Gewehr fallen und hob die Arme über den Kopf.

„Na also", brummte Girgl. Sein Gesicht verzerrte sich. „Jetzt ist es soweit." Beinahe bedächtig, das Gewehr im Hüftanschlag, stapfte der Jäger über das Latschenfeld. Er ließ keinen Blick von dem großen, breitschultrigen Mann, der ihm den Rücken zuwandte. Die ausgefranste Lodenjoppe und die speckige Lederbundhose deuteten an, daß ihr Träger nicht mit Reichtümern gesegnet war. Aber das konnte Tarnung sein. Der verbeulte Filzhut war bis zu den Ohren heruntergezogen.

Girgl blieb zwei Schritte von ihm entfernt stehen. „Dreh dich um, Freunderl!" stieß er hervor.

Der Wilddieb gehorchte. Girgl schaute verdutzt in ein hageres Burschengesicht, über dessen eingefallenen Wangen die Backenknochen weit vorstanden. Die Nase ragte scharf und spitz aus dem Gesicht. Der Mund war schmal, beinahe lippenlos.

„Luber Bartl", murmelte der Jäger. „Du gehst also auch zum Wildräubern. Eigentlich hab ich geglaubt, einen andern erwischt zu haben."

Das hagere Gesicht verzog sich zu einem leichten Grinsen. Dabei bildeten sich ungezählte Falten und Fältchen, obwohl der Bursche wohl noch nicht lange die Dreißig überschritten hatte. „Kann ich mir denken, Jägergirgl", erwiderte er. „Hast mir letztes Mal ja den Namen Vitus nachgeschrien." Der Bartl hob die Augenbrauen und spitzte den Mund. „War da am End dein Ältester gemeint?"

„Frag net so dalkert", schnaubte Girgl. In diesem Moment kam er sich wie ein ertappter Sünder vor. „Nimm deine Arme herunter, und dann vorwärts. Wir machen jetzt einen Spaziergang zur Gendarmerie." Er bückte sich nach dem Gewehr und hing es sich um die Schulter. Seinen Stutzen hielt er schußbereit in den Händen.

Der Luber Bartl ging mit hängendem Kopf auf den Bergwald zu. Den Ausgang seiner

Pirsch hatte er sich anders vorgestellt. Krampfhaft überlegte er, ob man den Anwander nicht mit herzergreifendem Jammern milde stimmen konnte. Vielleicht wurde er weich, drückte ein Auge zu und ließ ihn laufen. Ein Versuch konnte nicht schaden.

„Weißt, Jäger", sagte er und drehte den Kopf nach hinten, wo ihm sein Bewacher folgte, „die Not treibt manchen ins Revier, der lieber kein Büchserl anrühren möcht." Dazu nickte er traurig. „Der Mutter wollt ich halt einen Braten auf den Tisch legen, weil doch die jüngeren Geschwister die meiste Zeit nix als Kraut und Kartoffeln sehen. Leid haben sie mir getan, die Geschwister. Soviel leid."

„Das erzählst alles dem Richter, Bartl", empfahl ihm der Jäger.

„Zweimal in meinem ganzen Leben hab ich das Büchserl aus dem Schuppen geholt und bin auf den Hüttenkamm gestiegen", setzte Bartl zu einem neuen Versuch an. „Aber jedesmal warst du in der Näh. Genaugenommen trifft mich überhaupt keine Schuld, weil ich nie zum Schießen gekommen bin."

„Das sagst ihm auch, dem Richter." Girgl verlor die Geduld. „Und jetzt halt 's Maul!"

Der Wilderer hob ergeben die Schultern und strebte mit längeren Schritten dem Bergwald zu, denn die Sonne meinte es an diesem Mittag allzu gut. Schweiß rann ihm von der Stirn und tropfte von seinem spitzen Kinn.

Girgl hing seinen Gedanken nach. Eigentlich fühlte er sich doch ziemlich erleichtert. Trotz des gewaltigen Zornes auf den älteren Sohn wäre es ein leidensvoller Weg geworden, der Weg zum Dorfpolizisten. Sein Verdacht war also doch unbegründet gewesen. Vitus gab sich zwar zu mancher Spitzbüberei her, aber von der verbotenen Jagd ließ er die Finger. Das verminderte jedoch nicht Girgls Groll. Was der Kerl dem jüngeren Bruder zugefügt hatte, ließ keine Entschuldigung zu.

Aufatmend trat er unter die breiten, schattenspendenden Äste im Hochwald. Bartl Luber riß einen Fichtenzweig ab und steckte ihn in den Mund. In diesem Augenblick hallte ein Schuß durch den Bergwald. Der Jägergirgl stieß einen unterdrückten Schrei aus, griff sich an die Schultern, taumelte und fiel nach vorne. Dabei schlug er mit dem Kopf auf einem vermoderten Baumstumpf auf. Reglos blieb er liegen.

Wie vom Donner gerührt stand Bartl an seinem Platz. Sein Kopf wirbelte nach allen Seiten herum. Doch der heimtückische Schütze war nicht zu entdecken. Mit aufgerissenen Augen ging er langsam auf den Jäger zu, der kein Lebenszeichen von sich gab. Bartl packte ihn und drehte ihn auf den Rücken. Nun sah er das blutgetränkte Einschußloch oberhalb der linken Brust, nahe der Schulter.

Der Jäger stöhnte leise. Blitzschnell überlegte Bartl. Der Anwander lebte zwar, aber vielleicht nicht mehr lange. Möglicherweise erlangte er überhaupt nicht mehr das Bewußtsein. Er, Bartl, brauchte bloß sein Jagdgewehr zu nehmen und zu verschwinden. Dann blieb sein verbotener Pirschgang im dunkeln und ohne Folgen. Bartl streckte die Hand nach der Flinte aus. Doch ein Blick in das wächsern-bleiche Gesicht Girgl Anwanders ließ ihn zaudern. Schließlich stieß er eine leise Verwünschung aus und kramte in Anwanders Taschen nach einem leidlich sauberen Tuch. Nachdem er es gefunden hatte, knöpfte er das Hemd des Bewußtlosen auf und drückte das Tuch auf die Wunde, aus der nur wenig Blut sickerte. Der Jäger stöhnte wieder.

„Man kann einen Menschen doch net so armselig liegen lassen“, murmelte Bartl. „Das bringt bloß ein gewissenloser Lumpenhund fertig! Ich net.“ Er setzte sich neben den Verletzten und kratzte sich nachdenklich am stoppeligen Kinn.

Nach einer Viertelstunde schlug Girgl die Augen auf. Sein Blick wanderte hinauf zu den Wipfeln der Fichten, die nur ein kleines

Stück Himmel freigaben, und fiel dann auf den neben ihm sitzenden Burschen. Der Jäger hob den Kopf und wollte sich aufrichten, doch mit einem Schmerzenslaut sank er wieder zurück.

„Was ist los mit mir?" fragte er kaum hörbar. Die Zunge fuhr über die trockenen Lippen. „Einen Schuß hab ich gehört, einen furchtbaren Schlag gespürt. Dann ist es schwarz vor meinen Augen geworden. Wer hat auf mich geschossen, Luber?"

Der Angesprochene zuckte mit den Schultern. „Das hätt ich auch gern gewußt, Anwander", sagte er. „Aber von dem Haderlumpen war net einmal das Nasenspitzl zu sehen." Er kratzte sich wieder am Kinn. „Wie soll's jetzt weitergehen, Anwander? Soll ich ins Tal runterrennen und Hilf holen?"

Die Hand des Jägers glitt tastend über die Brust bis hinauf zur Schulter. Als er die Wunde erreichte, verzog er schmerzhaft das bärtige Gesicht. Doch in seine dunklen Augen trat ein zufriedener Ausdruck.

„Das ist bloß ein Schultersteckschuß", sagte er. „Ein paar Zoll tiefer und ich wär im Jägerhimmel." Er rang sich ein gequältes Lächeln ab.

„Kann schon sein", ließ sich der Luber Bartl mürrisch vernehmen. „Aber du hast mir allweil noch net gesagt, was geschehen soll."

„Da gibt's net viel zu überlegen." Girgl richtete den Oberkörper auf. Vor Schmerz krallten sich seine Finger in den weichen Waldboden. Grimmig fuhr er den Burschen an: „Glotz net deppert, sondern hilf mir, daß ich auf die Füß komm!"

„Aber das ist doch ein Wahnsinn", protestierte dieser. „Du kannst doch net mit dem Schuß …"

„Alles kann man", fiel ihm der Jäger ins Wort. „Man muß es nur fest wollen. Also rühr dich!"

Bartls Miene drückte aus, daß er Girgls Absicht für hirnverbrannt hielt, aber er tat, wie ihm geheißen. Er umklammerte den gedrungenen Leib des Waidmannes und zerrte ihn mit großer Anstrengung in die Höhe. Taumelnd und mit weichen Knien stand Girgl da und wäre ohne Bartls Zupacken unweigerlich umgekippt.

„So! Jetzt marschieren wir schön langsam ins Tal hinunter. Du hängst dir die zwei Kugelspritzen um und sorgst dafür, daß ich das Gleichgewicht net verlier."

„Anwander!" Ein Blick des Jägers genügte, und der hochgewachsene Bursche verstummte. Er hob die Gewehre auf. Dann schob er seinen Kopf unter Girgls Arm auf der rechten, unverletzten Seite durch. So setzten sich die beiden in Bewegung, vorsichtig, Schritt für Schritt, Meter für Meter.

Die Schmerzen wurden immer unerträglicher. Girgl biß die Zähne zusammen, daß sie knirschten. Manchmal fingen die Bäume vor seinen verschwommenen Blicken zu tanzen an und schienen sich in die Lüfte zu erheben. Doch der unbeugsame Wille des Forstbeamten kämpfte jeden Schwächeanfall nieder. Trotzig setzte er einen Fuß vor den andern.

Bartl gab sich redlich Mühe, dem Verwundeten den Weg so leicht wie möglich zu machen. Immer wieder fragte er besorgt, ob der Jäger denn nicht Rast halten wollte. Doch dieser schüttelte eigensinnig den grauen Kopf und tappte auf unsicheren Beinen weiter. Erst als sie am Ende des Bergwalds angelangt waren, blieb Girgl stehen. Dicke Schweißtropfen standen auf seiner bleichen Stirn. Die Lippen zitterten leicht, und die sonst so scharfen, dunklen Augen blickten glasig den Begleiter an.

„Ich glaub ..." Er hüstelte. „Ich glaub, jetzt muß ich mich eine Weil setzen."

Bartl führte ihn zu einem moosüberwucherten Stein am Rand des Steigs und ließ ihn so zu Boden gleiten, daß er sich mit dem Rücken an den Stein lehnen konnte. Seufzend schloß Girgl die Augen. Was hinter ihm lag, war eine schier übermenschliche Anstrengung für den Verletzten gewesen.

Der hagere Bursche kaute an einem Grashalm herum. Aus den Augenwinkeln betrachtete er den Jäger. Dieser hockte nun schon so lange reglos an seinem Platz, daß Bartl befürchtete, er hätte wieder das Bewußtsein verloren.

„He, Jäger!" rief er ihn an. „Wie geht's, wie steht's?"

Girgl hob die bläulichen Lider. „Ich hab meinen Geist noch net aufgegeben", spottete er mit schwacher Stimme. „Unsereiner hält schon was aus."

„So ist's recht." Bartl streckte sich lang im Moos aus. Er räusperte sich. „Was ich noch sagen wollte, Jäger", fuhr er zögernd fort, „eigentlich hab ich meine Sünd wiedergutgemacht. Ich hätt ja auch davonlaufen können."

Der Grauhaarige nickte und lächelte leicht. „Das werd ich dir auch net vergessen, Bartl", murmelte er.

„Wenn du aber vergessen könntest, daß du mich mit dem Schießprügel im Revier erwischt hast, das tät mich schon arg freuen", sagte Bartl eifrig.

Der Angesprochene drehte den Kopf zu ihm hin. „Was wär denn das für eine Gerechtigkeit, Bürschl?" fragte er. „Wildern ist eine strafbare Handlung und muß gesühnt werden. Daß es net zu schlimm für dich wird, dafür sorg ich schon. Meine Aussag vor dem Gericht wird dir bestimmt gutgeschrieben."

Der Bursche spuckte den Grashalm aus. „Bist schon ein sturer Bock, Anwander", brummte er. „Aber es kann halt keiner aus seiner Haut heraus." Er reckte den Hals und deutete ins Tal hinunter. Am Fuß der Wiesenhänge, die sich zum Bergwald heraufzogen, tauchte ein Feldwagen auf, vor den ein braunes Pferd gespannt war. Mit einem Satz stand Bartl auf den Beinen, winkte und schrie aus Leibeskräften. Der Mann, der auf dem Wagen saß, wurde aufmerksam und zügelte das Pferd.

„Wirst die vierhundert Meter noch schaffen, Anwander?" fragte Bartl aufgeregt. „Unten steht ein Karren. Der könnt dich zum Doktor fahren."

„Frag net lang. Zieh mich lieber in die Höh." Wenig später wankte Girgl, von Bartl fürsorglich gestützt, den Rest des Pfads hinunter bis zu dem Feldweg, an dem der Wagen wartete.

Der Schienagl Kaspar, ein Bauernsohn, stieß einen verwunderten Pfiff aus, als die beiden Männer bei ihm anlangten. „Oho?" rief er aus. „Hast einen Fehltritt in der Wand getan, Jägergirgl?"

„Angeschossen ist er worden", erklärte

Bartl. „Greif zu. Wir müssen ihn auf den Wagen legen."

Der Wagen holperte über den unebenen Feldweg. Der bärtige Waidmann wurde hin- und hergeschüttelt und hätte vor Schmerz am liebsten losgebrüllt. Er schickte ein Dankgebet zum Himmel, als das Gebäude der Forstverwaltung auftauchte.

„Anhalten!" schrie er.

Bartl, der neben dem Bauernsohn saß, drehte sich verdutzt um. „Der Doktor wohnt ein Stück weiter, Anwander. Mußt dich noch ein paar Minuten gedulden."

„Anhalten, sag ich! Hebt mich vom Wagen herunter!"

Kopfschüttelnd kamen Bartl und Kaspar dem Wunsch des Jägers nach. Mehr tot als lebendig schleppten sie ihn ins Forsthaus. Dort erstattete Girgl dem entsetzten Dienstherrn seinen Rapport und schloß mit den Worten: „Die nächsten paar Wochen werd ich mich wohl net ums Revier kümmern können, Herr Oberförster. Schicken Sie halt den Jagdgehilfen Pfaffinger hinauf, daß es die Wildschützen net gar zu arg treiben." Dann brach er zusammen.

★

Fünf Tage waren seitdem verstrichen, an denen Vitus so oft wie nur irgend möglich im

Gasthaus „Zur Goldenen Krone“ aufgetaucht war, dort gezecht und keine Möglichkeit ausgelassen hatte, um mit Loni ins Plaudern zu kommen. Die Wirtstochter war zuerst sehr zurückhaltend gewesen, doch die fröhliche, unbeschwerte Art des älteren Jägersohnes blieb nicht ohne Eindruck auf sie. Er brachte das bedrückte Mädchen wiederholt zum Lachen. Loni war für diese Kurzweil dankbar, lenkte sie sie doch von ihrem dumpfen Grübeln und Sinnen ab. So war es auch nicht verwunderlich, daß sie die Einladung des hübschen jungen Mannes zu einem Abendspaziergang nicht ausschlug.

Sie schritten nebeneinander den sanft ansteigenden Weg zum Bruggerhügel hinauf, der dem Fuß des Forstkogels wie eine riesige Zehe vorgelagert war. Vitus blieb stehen und wies mit ausgestreckter Hand auf das herrliche Abendrot über den golden leuchtenden Schroffen und Graten des Bergriesen.

„Ist das net ein wunderschöner Anblick, Loni?“ fragte Vitus leise. „Ich kann ihn gar net oft genug sehen.“

Loni nickte. Sie spürte Wehmut in sich aufsteigen. Dieses Schauspiel der Natur hatte sie so manches Mal an Hansls Seite bewundert. Damals war es ihr noch viel reizvoller erschienen.

Loni und Vitus setzten ihren Weg fort.

Oben auf dem Hügel lag eine gefällte Birke. Die zwei jungen Leute ließen sich auf dem entästeten Stamm nieder. Der braunhaarige Bursche holte eine Marzipanstange aus der Tasche und hielt sie dem Mädchen an den Mund. Loni biß herzhaft hinein.

„Von dem Zeug hab ich heut vormittag einen ganzen Zentner gekauft", erklärte Vitus. „Im Nachbartal hat ein Süßwarenhändler Pleite gemacht. Dem hab ich das Marzipan zum halben Preis abgeschwatzt."

„Bist wohl recht geschäftstüchtig, gelt?" sagte Loni lächelnd.

„Darauf kannst du dich verlassen", erwiderte Vitus geschmeichelt.

„Mein Vater lobt auch allweil deinen Geschäftssinn. Er ist wohl selber einer von deiner Sorte."

Das Abendrot verglühte. Der Himmel färbte sich violett. Das Vogelgezwitscher in der Birkengruppe hinter ihnen verstummte. Die gefiederten Sänger begaben sich zur Ruhe. Ein schneeweißes Wiesel huschte an ihnen vorbei und verschwand so schnell, wie es aufgetaucht war.

Vitus' Hand, die auf dem Stamm ruhte, schob sich langsam zur Seite, bis sie Lonis kleine Hand berührte. Das Mädchen ließ es geschehen. Der Bursche wurde mutiger. Er legte den Arm um Lonis schlanke Hüfte. Die

Schwarzhaarige reagierte immer noch nicht.

„Dein Vater hat wahrscheinlich eingesehen, daß ich gar net schlecht zu seiner Tochter passen würde", raunte er ihr zu. Dabei berührten seine Lippen ihr Ohrläppchen.

Loni bewegte den Kopf ein wenig zur Seite. „Schon möglich, daß er so denkt", sagte sie gelassen. „Aber net auf seine Gedanken kommt's an, sondern auf die meinigen."

Ungestüm riß der Bursche das zierliche Mädchen an sich. Seine dunkelblauen Augen loderten vor verhaltener Leidenschaft. Die breite Brust hob und senkte sich erregt. Der Mann suchte ihren Mund, doch die Schwarzhaarige wich ihm aus.

„Magst mich denn gar net, du süßes Kindl?" flüsterte er.

Ohne jede Hast, doch mit Nachdruck machte sich Loni aus seiner Umklammerung frei. „Freilich mag ich dich", gab sie ihm lächelnd zu verstehen. „Sonst tät ich jetzt net neben dir sitzen. Aber die echte Lieb ist net mit im Spiel." Sie erhob sich. „Es wird Zeit für den Heimweg."

Der junge Mann bettelte und flehte, sie möge noch ein bißchen länger an diesem lauschigen Plätzchen mit ihm verweilen, doch die Wirtstochter war nicht umzustimmen. Enttäuscht ging er neben ihr den Hügel hinunter und stieß wütend einen Stein mit der

Schuhspitze fort, der im Weg lag.

„Trauerst wohl gar noch meinem Bruder nach, dem grünen Bürscherl?“ grollte er. „Was so ein blitzsauberes Dirndl an dem duckmäuserischen Schleicher findet, begreif ich meiner Lebtag net.“

Loni antwortete nicht. Sie beschleunigte ihre Schritte. Jedes dieser Worte versetzte ihr einen Stich, der tief schmerzte. Am liebsten wäre sie fortgelaufen. Sie wollte allein sein. Doch Vitus blieb hartnäckig an ihrer Seite. Sie kamen an den ersten Häusern des Dorfes vorbei, da trat ein junges Weib mit ausgeprägten Formen auf sie zu.

Der Blick der schwarzhaarigen Wirtstochter wurde abweisend. Aus dem Gesicht des jungen Mannes wich die Farbe. Er ahnte Schlimmes, und seine Ahnung trog nicht: Das soeben aufgetauchte junge Weib stemmte die Fäuste in die prallen Hüften und stieß die Luft hörbar durch die Zähne.

„Also so schaut die Handelschaft aus, die du heut noch unbedingt mit dem Kreiner Benedikt hast abschließen müssen, du verlogener Windbeutel“, zischte die Kellnerin Berta Gundl. „Ich hab dir sowieso kein Wörtl geglaubt.“

Vitus wand sich wie ein Wurm. „Mußt net falsch denken, Berta“, würgte er hervor. „Wir haben uns halt ein bisserl die Füß vertreten, die Weinisch Loni und ich. Aber das erklär ich dir alles daheim."

„Nein, Vitus! Das wird an Ort und Stelle beredet." Berta wies mit dem Daumen auf die Wirtstochter. „Sie ist schließlich net unbeteiligt."

Loni machte ein hochmütiges Gesicht. „Was gehen mich eure Zänkereien an", sagte sie kalt und wollte sich entfernen, wurde aber von der Bedienerin daran gehindert.

„Du wirst gleich die Ohren spitzen", kündigte Berta an. „Jetzt weiß ich, warum ich euch neulich das ganze Theater hab vorspielen müssen, dir und dem Anwander Hansl. Nicht weil der Vitus seinem Bruder die Prügel auf dem Festplatz hat heimzahlen wollen, sondern weil er die geldige Loni für sich haben möcht."

„Halt deinen Brotladen, du hysterisches Weibsbild!" fauchte Vitus in höchster Wut.

Die Kellnerin ließ ein schrilles, höhnisches Gelächter hören. „Ich bin noch net beim letzten Kapitel von der Geschicht."

„Theater?" murmelte Loni verstört. „Was meinst du damit?"

Berta legte dem Mädchen eine Hand auf die Schulter. In ihr sonst ein wenig frech wirkendes Gesicht trat ein Zug, den man beinahe mütterlich hätte nennen können. „Nie im Leben hab ich mit deinem Anwander Hansl etwas zu schaffen gehabt. Noch net einmal die Hand hat er mir gedrückt, der arglose Bub, geschweige ..." Berta hüstelte und vollendete den Satz nicht.

Lonis Augen waren riesengroß. „Aber ... aber ..." Ihre Finger verkrampften sich im schwarzen Samtmieder.

„Du meinst das Muttermal." Die Üppige lächelte mitleidig. Sie machte eine Kopfbewegung in Richtung Vitus. „Alles, was ich darüber weiß, hab ich von ihm erfahren "

Die zierliche Wirtstochter preßte ihre Hände vors Gesicht. „Gütiger Himmel", stammelte sie. Die Hände sanken herab. Ein Blick aus ihren rehbraunen Augen traf den jungen Mann. „Schämst du dich net, Vitus?" flüsterte sie.

Dieser senkte den Kopf. Ohne ihn und Berta noch eines weiteren Blickes zu würdigen, ging Loni die Gasse entlang und bog an der nächsten Kreuzung um die Ecke. Mit Erleichterung sah Vitus sie verschwinden. Er schob seinen teuren Velourshut in den Nakken und kratzte sich an der Stirn.

„Da hast du mir eine schöne Suppe eingebrockt, Berta", beklagte er sich.

„Vielleicht geht dir beim Auslöffeln einiges durch den Kopf, du Nixnutz", sagte Berta.

„Ich trag dir trotzdem nix nach, Madl", versprach er.

Doch die Kellnerin ließ weder Reue noch Erleichterung erkennen. „Von dir hab ich genug", sagte sie. „Wer sich auf dich verläßt, der ist verraten und verkauft. Ich geh zu meiner Base hinüber ins Tirolerische. Dort find ich bestimmt Arbeit und vielleicht auch ein Mannsbild, das mehr taugt als du." Sie ließ ihn stehen und eilte davon.

Loni hastete durch die Dorfstraße. Schließlich fing sie zu laufen an. Sie hatte ein Ziel und wollte dieses Ziel so schnell wie möglich erreichen. Völlig außer Atem kam sie am Jägerhäuschen an. Vor der Tür blieb sie stehen und rang erst einmal nach Luft.

„Lieber Himmel, gib, daß er da ist", flehte sie und drückte auf die Klinke. Die Tür war unverschlossen. Sie trat in die Diele. Da stand wie aus dem Boden gewachsen Hansl Anwander vor ihr.

Der Jägersohn rieb sich die Augen. Er glaubte an eine Halluzination. Was er sah, konnte nicht Wahrheit sein. Doch Lonis so vertraute, geliebte Stimme belehrte ihn eines Besseren.

„Mein guter Bub", sagte sie kaum hörbar. „Da bin ich wieder."

„Herzblattl", kam es von seinen Lippen. Er war immer noch fassungslos. „Wieso ... warum ... ich versteh net ..."

Loni antwortete nicht. Sie zog ihn in die gute Stube, drückte ihn auf das ausgebleichte

Sofa aus Samt und setzte sich neben ihn. Dann schlang sie ihre Arme um seinen Hals und küßte ihn, einmal, immer wieder. Die Nacht war längst herabgesunken, und in der Wohnstube konnte man die Hand nicht vor den Augen sehen, als sie endlich voneinander abließen.

Hansl erhob sich und machte Licht. Als er sich umdrehte, stand das Mädchen vor ihm. „Vergib mir, mein Bub", flüsterte Loni.

„Was soll ich dir vergeben, du Liebes?"

„Daß ich an deiner Treu und deiner Aufrichtigkeit gezweifelt hab. Ein Leben lang darf es zwischen uns kein Mißtrauen mehr geben."

Hansl schüttelte den Kopf, und ein glückliches Lachen umspielte seinen Mund. „So viele gute Vorsätze machen durstig. Jetzt trinken wir zwei ein Flascherl Wein vom Besten. Wenn heut kein Grund zum Feiern ist, dann will ich Nepomuk heißen."

Sie saßen nebeneinander auf der Ofenbank, ließen die Gläser aneinanderklingen und schauten sich selig in die Augen. Die alte Wanduhr tickte dazu, und durch die Butzenscheiben der kleinen Fenster blinkten ein paar Sterne.

„So ein Tag", strahlte Hansl. „Vor zwei Stunden hab ich in der Gemeindekanzlei per Telefon erfahren, daß der Vater über'm Berg ist. Und jetzt bist du da. So ein Tag." Er konnte nicht begreifen, daß es soviel Glück auf einmal gab.

„Ich freu mich, daß es mit deinem Vater wieder aufwärtsgeht", sagte Loni, und ihr war wirklich so ums Herz. Sie mochte den alten, graubärtigen Pirschgänger.

„Net gut ist es um ihn gestanden in den letzten Tagen", berichtete Hansl. „Wenn ich im Krankenhaus in der Kreisstadt an seinem Bett gesessen bin, hat er gefiebert und mich kaum erkannt. Aber jetzt ist alles gut."

Er faßte das Mädchen an den Schultern. „Wollen wir ihn morgen gemeinsam besuchen, Schatzl? Was glaubst, was der Vater für Augen macht, wenn er dich sieht."

Der Jägergirgl lag in seinem blütenweißen Bett und blätterte lustlos in der Zeitung. Das Stilliegen ging dem unternehmungslustigen Waidmann gewaltig auf die Nerven. Seitdem das Fieber geschwunden und seine Lebenskräfte gestiegen waren, lag er dem Arzt und den Krankenschwestern dauernd mit der Bitte in den Ohren, aufstehen zu dürfen. Er drohte sogar, heimlich aus dem Spital zu verschwinden, wenn man ihm weiterhin die Bewegungsfreiheit so streng beschnitt. Es bedurfte der ganzen Überredungskunst des Doktors, um den widerspenstigen Patienten im Bett zu halten.

Eine Schwester huschte in das kleine Zimmer, in dem der Jäger allein lag, und stellte den Nachmittagskaffee auf das Nachttischchen. Freundlich nickte sie dem Bärtigen zu.

„Ein Krügl Weizenbier wär mir lieber", brummte dieser. Die Schwester schüttelte nur lächelnd den Kopf und verschwand.

Girgl ließ den Kaffee unbeachtet und starrte gedankenverloren zur weißgetünchten Zimmerdecke hinauf. Da klopfte es. Auf Girgls Zuruf öffnete sich die Tür ganz langsam. Ein runzeliges Frauengesicht, umrahmt von einem geblümten Kopftuch, schob sich durch den Spalt.

„Auracherin?" rief der Jäger überrascht. „Das ist aber eine Freud, daß du mir einen Krankenbesuch machst."

Das alte, bucklige Weiblein humpelte ins Zimmer und schloß die Tür hinter sich. Dabei bewegte sich der zahnlose Mund fortwährend lautlos. Sie rückte einen Stuhl ans Bett und setzte sich. Die tiefliegenden Äuglein betrachteten aufmerksam den Kranken. Dann griff sie in die große Stofftasche, die an ihrem Arm hing, und zog eine Flasche Rotwein hervor. Klirrend stellte sie die Flasche neben die Kaffeetasse.

„So was lob ich mir", sagte Girgl und lachte über das ganze Gesicht. „Von einem guten Schlückerl träum ich schon eine Ewigkeit."

Verschmitzt fügte er hinzu: „Wenn mir das der Doktor auch verwehrt, dann kann er was erleben."

Der mümmelnde Frauenmund stand plötzlich still. Die Sekunden tropften langsam dahin, bis die Alte endlich fragte: „Hast den Schuß gut überstanden, Jägergirgl?"

„Wohl, wohl, Auracherin", gab der Waidmann Auskunft. „Er hätt allerdings keine halbe Handbreit tiefer liegen dürfen. Man braucht halt im Leben ein bisserl Glück."

„Weißt allweil noch net, wer geschossen hat, gelt?"

Girgl schüttelte den grauen Kopf. „Darüber hab ich schon soviel nachgedacht, daß mir schier das Hirnkastl raucht", erklärte er. „Aber ich komm net drauf."

„Ich war's", sagte die Alte so ruhig, als spräche sie über das Wetter.

Der Jäger grinste. „Jetzt treibst deinen Spott mit mir, Auracherin." Ernster werdend fügte er hinzu: „Oder du kennst den Schuldigen und willst mich von seiner Spur ablenken."

„Ich war's", wiederholte die Bucklige hartnäckig. „Soll ich dir beschreiben, wie es sich zugetragen hat, droben im Bergwald?" Sie geriet in Eifer. „Der lange Lubersohn ist vor dir hergegangen", sprudelte sie heraus. „Nachdem ich abgedrückt hab, bist du vornübergefallen, mit dem Kopf auf einen Baumstumpf."

„Auracherin!" keuchte Girgl. Sein Gesicht war um einen Schein bleicher geworden. Er richtete sich im Bett auf und konnte nur mit Mühe einen Schmerzenslaut unterdrücken. Die aufgerissenen Augen waren auf das Weiblein gerichtet. „Warum hast du das getan?"

Die alte Frau drehte den Kopf zur Seite. Ihre dürren Hände wischten über die Stofftasche, als müßte sie einen unsichtbaren Schmutzfleck wegreiben. „Die ganzen Wochen hab ich die Wut in mich hineingefressen", nuschelte sie. „Die Wut auf dich, Jägergirgl. Weil du doch meinen Kilian erschossen hast. Nächtelang bin ich wach gelegen und hab überlegt, was ich dir antun könnt. Bis mir dann in der Rumpelkammer ein zerlegbarer Stutzen in die Finger geraten ist. Der Kilian muß ihn dort versteckt haben. Da hab ich es gewußt."

„Auracherin, Auracherin." Girgl schüttelte entgeistert den Kopf. Er konnte das soeben Gehörte noch nicht fassen. „Wie kann man der blinden Wut nur so freien Lauf lassen?" Seine Stimme hob sich. „Ich hab doch in Notwehr geschossen, Auracherin."

Die Alte nickte. „Hinterher ist mir das auch klargeworden. Aber da war's schon zu spät." Sie wandte sich dem Jäger zu. „Seitdem hat mir das Gewissen keine Ruh mehr gelassen. Gebetet hab ich, daß alles gut für dich ausgeht."

„Es ist gut ausgegangen", murmelte der Grauhaarige.

Das Weiblein stand mühsam auf. „So! Jetzt fahr ich zurück nach Riedersham", kam es aus dem zahnlosen Mund, „und geh kerzengrad zum Gendarm."

Der Jäger haschte nach der Hand der Kräutersammlerin. „Unternimm nix, bevor ich wieder daheim bin", bat er sie. „Ich komm zu dir, und wir reden noch einmal über alles. Versprich mir das, Auracherin."

Die Frau entzog ihm ihre Hand. „Was sein muß, muß sein", nuschelte sie und humpelte zur Tür.

„Auf ein Wörtl noch", rief ihr der Jäger nach. „Du hast damals eine Andeutung gemacht, als wär einer meiner Buben ein Wilddieb. Daraufhin hab ich den Vitus verdächtigt."

Ein dünnes Lächeln stahl sich auf das faltige Gesicht der Greisin.

„Der Vitus hat noch einen Bruder." Sie öffnete die Tür und trippelte hinaus auf den Krankenhausflur.

Mit weit offenem Mund glotzte Girgl die Tür an, die ins Schloß gefallen war. Aufgewühlt ließ er sich zurück in die Kissen fallen. Die Gedanken rumorten wild in seinem Kopf herum. Doch ihm blieb nicht viel Zeit zum Grübeln. Wieder klopfte es; bevor Girgl einen Laut von sich geben konnte, stürmten Loni und Hansl ins Krankenzimmer.

„Grüß dich, Vater", rief Hansl fröhlich. „Ein bisserl blaß schaust aus. Das macht die Krankenhausluft. Aber sonst geht's dir doch gut?" Er wartete die Antwort nicht ab und deutete auf das schwarzhaarige Mädchen, wobei ihm das Glück aus den Augen strahlte. „Schau, wen ich mitgebracht hab!"

Girgl lächelte. Er drückte die Hand der Wirtstochter, die diese ihm entgegenstreckte. „Seid ihr euch also wieder einig", sagte er. „Ich bin sehr froh darüber."

„Ich auch", gestand Loni. Sie beugte sich über den Kranken und drückte ihm einen raschen Kuß auf die bärtige Wange.

Loni nahm auf dem einzigen Stuhl Platz, und Hansl setzte sich auf den Bettrand. „Heiraten wollen wir, so bald wie möglich", jubelte der blonde Bursche. „Lonis Vater freilich wird uns schon noch ein paar harte Steinbrocken in den Weg legen."

Das Gesicht der Wirtstochter verriet nicht die geringste Sorge. „Er schimpft und poltert gern", sagte sie, „aber letzten Endes gibt er doch nach. So war es noch immer."

„Und wenn er endlich ja sagt, dann gehen wir sofort zum Traualtar", verkündete Hansl.

Girgl schaute den Sohn lange an. „Da hat ein anderer auch noch ein Wörtl mitzureden, Bub", sagte er leise.

Hansl hob die Augenbrauen. „Wer denn, Vater?" fragte er erstaunt.

„Der Richter, Bub. Vielleicht wirst du für eine Weil keine Gelegenheit zum Heiraten haben." Die dunklen Jägeraugen ruhten ernst auf dem Sohn.

Dieser richtete sich steil auf. Eine leichte Röte färbte seine Stirn. Er öffnete den Mund und schloß ihn wieder. Eine volle Minute verstrich, bis er sich gefangen hatte. „Du weißt also alles", sagte er dumpf und senkte den Kopf.

„Ja, Bub. Und es ist mir recht, daß dein Dirndl anwesend ist. Denn Ehrlichkeit muß herrschen zwischen Leuten, die zusammengehören. Da darf es kein Geheimnis geben. Die größte Lieb geht kaputt, wenn net die Wahrheit regiert."

Dicke Tränen hingen an den Wimpern des jungen Mannes. „Alle haben mich für einen Weichling gehalten", kam es stockend aus ihm heraus, „die Burschen im Dorf und die Madln erst recht. Keiner hat mir etwas zugetraut. Ganz im Gegensatz zum Vitus. Der war beliebt und ist respektiert worden."

Hansl fuhr mit der geballten Faust durch die Luft. „Ich wollt beweisen, daß ich auch ein ganzer Kerl bin, ein gestandenes Mannsbild. Darum hab ich den Kilian zweimal begleitet, wie er nachts ins Revier gegangen ist." Er warf einen scheuen Blick zu Loni hinüber, die ihn stumm ansah. „Seitdem sie mir gut ist, brauch ich eine solche Bestätigung nimmer." Darauf wandte er sich wieder dem Jäger zu. „Verstehst mich denn net, Vater?" schrie er beinahe.

„Ich versteh dich gut, Bübl", versicherte der Vater in ruhigem Ton. „Und ich trag dir auch nix nach. Aber für dich muß gelten, was für alle andern gilt, die bei der verbotenen Jagd ertappt werden. Nimmer in den Spiegel schauen könnt ich, wenn ich bei meinem eigenen Fleisch und Blut eine Ausnahm machen tät."

„Noch heut zeig ich mich selber an", sagte Hansl entschlossen. „Jetzt red du, Loni", wandte er sich dem schwarzhaarigen Mädchen zu, „wenn ich dir überhaupt noch ein Wort wert bin."

„Du dummer Bub", flüsterte die Wirtstochter und hing sich an seinen Hals. „Glaubst du, ich möcht einen Mann, der keine Fehler hat?"

★

Hansl Anwander und Bartl Luber wurden jeweils zu vier Monaten Gefängnis verurteilt. Die Strafe brauchte nicht angetreten zu werden, da sie zur Bewährung ausgesetzt wurde.

Die Auracherin, das allseits bekannte Kräuterweiblein, sparte sich den Gang zum Gendarmen. Sie hatte unter ihren vielen heilsamen Kräutern wohl auch eines, das giftig war. Man fand sie tot in ihrer Hütte. Ein leerer Becher stand neben ihr.

Der Kampf, den Loni mit ihrem Vater auszutragen hatte, dauerte länger, als sie befürchtet hatte. Zuerst gab es Wutausbrüche. Dann behandelte Hugo Weinisch die Tochter wochenlang wie eine Fremde. Als auch diese Taktik keinen Sinneswandel bewirkte, schlug er eines Tages auf den Tisch, daß die Teller tanzten, und brüllte: „Nimm ihn, wenn du unbedingt einen haben willst, der nix ist und nix taugt." Kurz danach versöhnte er sich mit der Tochter und versprach, eine festliche Hochzeit auszurichten, von der das ganze Tal noch nach Jahren reden würde.

Der Wirt und Brauereibesitzer wurde nicht nur ein guter Schwiegervater, vor allem, als er erkannt hatte, daß Hansl einen guten Buchhalter abgab, sondern auch ein liebender Großvater. Da allerdings machte ihm der Jägergirgl gewaltig Konkurrenz. Immer wieder behauptete der Jäger, der Enkelsohn würde ihn viel herzlicher anlachen als den Großvater mütterlicherseits. Deswegen gab es zwischen den beiden Männern manches fröhliche Streitgespräch, das in der Regel mit einer guten Flasche Wein beendet wurde.

Auch zwischen Vitus, dem Vater und dem Bruder wurde das Kriegsbeil begraben. Der ältere Jägersohn ging ein Jahr später nach Übersee. Seine Geschäftstüchtigkeit verhalf ihm bald zur ersten Million. Hugo Weinisch seufzte, als er davon hörte. Doch ein Blick der Tochter brachte ihn rasch zum Schweigen.

Für Loni und Hansl zählte nur der Reichtum ihrer Liebe. Für sie gab es nur die Zahl der glücklichen Stunden, Tage und Jahre.